Svetlana Konantseva

Pasożyt hiperborejski

Ironiczny detektyw

Tymczasowe trudności finansowe zaprowadziły Zhannę Veresovą na Kongres Szamanów Wedyjskich. Tam poznała swoją przyjaciółkę Vikę, która poznawała tajniki technik tantrycznych. Podczas imprezy dziewczyny zapoznają się z szefem klubu „Naukowcy Świata", Somoved i Prochorem Iljiczowem. Razem wyruszą na wyprawę przez przestrzenie rosyjskiej północy, aby odkryć ekumeniczny spisek Nagas i znaleźć tajemnicze źródło.

«Ile mamy cudownych odkryć
Przygotuj ducha oświecenia
I doświadczenie, synu trudnych błędów,
I geniusz, przyjaciel paradoksów,
I przypadek, Bóg jest wynalazcą ... "
Czasami to wystarczy
Co, mój drogi czytelniku,
Chory umysł nie wymyśli.
A. S. Puszkin,
ostatnie trzy linijki ode mnie

Rozdział 1. Kongres szamanów wedyjskich

Czasami pieniądze kończą się w najbardziej nieodpowiednim momencie. Mam więc czarną passę w dziedzinie finansów. Lokatorzy z mojego mieszkania wyprowadzili się bez płacenia za ostatni miesiąc. Sprawili również, że wynajmowana nieruchomość stała się nieprzyzwoita. Podarta tapeta, postrzępione linoleum w kuchni, uszkodzona lodówka, zielone plamy na suficie i tony śmieci, które wciąż trzeba było wyszorować i wynieść. Krótko mówiąc, finanse śpiewały romanse.

Nie chciałem gromadzić oszczędności ani pożyczać pieniędzy, nie chciałem też sprzedawać wartościowych rzeczy. Postanowiłem więc znaleźć dodatkową pracę i zadzwoniłem do znajomych. W rezultacie Viktoria Vladimirovna Sokolova, po prostu moja przyjaciółka i była koleżanka Vika, rzuciła włamanie. Niedawno, za namową cioci Sofii Grigoriewnej, porwały ją tantryczne idee i uczestniczyła w kilku wykładach Klubu Tantrycznego. To, co usłyszała, wywarło na niej niezatarte wrażenie. Tak więc administracja klubu zdecydowała się wziąć udział w zamkniętym kongresie wedyjsko-szamańskim. Vikulya weszła na listę uczestników szabatu. Organizatorzy wydarzenia ogłosili konkurs na najlepsze wiersze na wedyjski hymn szamański. Zwycięzcy obiecano solidną nagrodę. Ponieważ znak nieskończoności został wybrany jako symbol tego ruchu, skomponowałem odpowiednie wiersze i wziąłem udział w turnieju poetyckim. Kierowało mną wyłącznie pragnienie wzbogacenia się.

Zwracam uwagę na moje arcydzieło.

Nieskończoność

Plus i minus nieskończoność
W tym koniec iw tym początek,
Doczesnym aspektem jest tutaj wieczność,
A skala - wszechświat jest mały.

Ta przestrzeń została podana,
Z którego pochodzi życie
Wszystko, co widzieli ludzie
W ciemności liści bezkresu.

Prawa ochronne
Nieodłączna nieskończoność
Jakieś zmiany
Nie przerywaj wieczności.

Ona jest źródłem rozumu
W nim rysujemy nieostrożność,
Summands
Daj nam nieskończoność.

Kategoria jest abstrakcyjna,
Nieźle, nie super,
Wszystko jest zmienne, ona jest
Pozostaje doskonały.

Życie jest zasadniczo nieskończone
Chociaż idzie, jakby to było normalne,
Leci szybko
Ale powstanie ponownie w innej formie.

Mój tekst z powodzeniem podążał za rytmami mantr, więc otrzymałem obiecaną nagrodę wystarczającą do przeprowadzenia kosmetycznych napraw w zrujnowanym przez lokatorów mieszkaniu, a szamani wedyjscy otrzymali hymn za ich ruch w nieskończoność. Prawdę mówiąc, nie przejmuję się ich pomysłami, ale kierownictwo publikacji, z którą na bieżąco współpracuję, w jakiś sposób dowiedział się o moim zwycięstwie i zaproponował udział w wydarzeniu jako ich przedstawiciel. Opłata bardzo mi odpowiadała i poszedłem zbierać materiały do publikacji. Pieniężny odpowiednik wdzięczności pogodził mnie z wyprzedzeniem ze wszystkimi szalonymi pomysłami szamanów i sympatyków wedyjskich.

Wydarzenie rozpoczęło się od uroczystego wprowadzenia. Śpiewano hymn ruchu, foldery, zeszyty i długopisy z logo w postaci znaku nieskończoności przecinanego dwiema kreskami symbolizującymi kierunki wedyjskie i szamańskie, jak wyjaśnili nam znający się na rzeczy ludzie.

Kiedy napłynęły sprytne przemówienia, zacząłem robić notatki, nigdy nie wiadomo, co się przyda. Kiedy skończyłem uchwycić kolejną dziwną myśl, spojrzałem na pióro. Odwrócony do góry nogami symbol szamanów wedyjskich wyglądał podejrzanie jak znak dolara. Mam nadzieję, że przypadek nie jest przypadkowy? Czy przyczyni się do mojego wzbogacenia? Osobiście nie odmówiłbym garści zieleni. Podobno jedna rodzina nadała swojemu potomstwu imię Dolar. Kiedy wszyscy pytali: „Dlaczego?" Szczęśliwi rodzice odpowiedzieli: „Aby rosnąć szybciej!"

W przerwie podeszła do mnie Vika:

- Zhannochka, jak ci się podoba to wydarzenie?

- Jeszcze nie rozumiem.

- Widziałem, jaki fajny długopis, jest na nim symbol dolara - powiedział przyjaciel.

- Ja też to zauważyłem.

- Chcę, żeby Zhenechka kochał mnie jak dolara.

(Eugene to jej narzeczony, zesłany z nieba. O ich znajomości pisałem w książce „Palce umarłych”).

- Dlaczego dokładnie? - Nie zrozumiałem.

- Przypomniałem sobie żart o miłości.

Vikulya podzieliła się swoimi wspomnieniami.

Żona pyta męża:

- Kochanie, czy bardzo mnie kochasz?

- Tak!

- I jak dużo?

- Cóż, jesteś dla mnie jak dolar!

- Właśnie!?

- Każdego dnia jesteś mi droższy i droższy!

- Dokładnie! Niedawno Bank Centralny powiedział: „Dolar urósł i już nie jest nam posłuszny!” - Żartowałem.

- A Zhenya wczoraj przypadkowo znalazła się w książce 100 $, pozostawiona w niej rok temu. Powiedział, że to jego najlepsza inwestycja od roku.

- Ja też powinienem był dokonać takiej inwestycji. - Zazdrościłem szczęścia księciu Vicky. - Dziś kursy dolara są tak szalone.

- I znam jedno ćwiczenie, które pomoże zarobić - pochwaliła się Victoria. - Zrobiliśmy to na zajęciach.

Prosto na pacjenta. Byłem ciekawy, jakich przydatnych rzeczy można się nauczyć na kursach tantrycznych:

- Co?

- Bierzesz krzesło, wkładasz dolara pod jego tylną nogę, naprzeciwko głównej ręki roboczej i siadasz na krześle. Zadanie: weź tego dolara.

- A jak wykonać zadanie? - Nie wyobrażam sobie, jak się zginać.

- Rozwiązanie jest proste: trzeba wstać z krzesła i podnieść dolara - powiedział znajomy.

- A jaki jest cel tego ćwiczenia? - Nie zrozumiałem.

- Chodzi o to, żeby zdać sobie sprawę, że żeby zarobić, trzeba skopać sobie tyłek.

- Brzmi to trochę niejednoznacznie dla tantrystów - zażartowałem.

- Po przerwie nie zgadzamy się co do działów tematycznych. Gdzie idziesz? - zapytała Vika.

- Do działu „Nietradycyjne metody leczenia". A ty?

- Oczywiście "tantryczne metody życia codziennego"!

Kto by w to wątpił! Co jeszcze z proponowanych kierunków mogłoby zainteresować znajomego?!

   Aby przestudiować nietradycyjne metody leczenia, zaproponowano przejście do małej sali wykładowej. Co ja zrobiłem.

   Jako pierwszy głos zabrał kandydat nauk o czakrach, absolwent Wydziału Biokorekty Akademii Bionergii Kosmicznej, jedyny przedstawiciel Naddniestrza, który wygrał międzynarodowy konkurs jasnowidzów i uzdrowicieli - pani Druga Padma.

   - Jej imię przetłumaczone z sanskrytu oznacza,, Przyjaciel Lotosu ''- wyjaśnił mi mężczyzna siedzący po mojej prawej stronie.

   - Podziękować. Sam bym tego nie domyślił - zażartowałem.

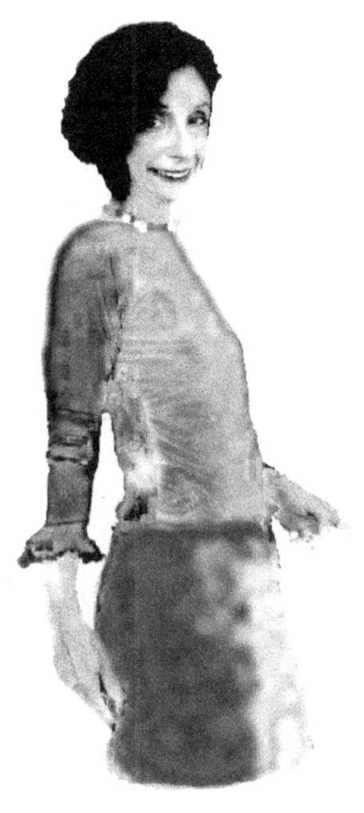

Pani długo i żmudnie nadawała publiczności o trudnym losie uzdrowiciela:

- Uzdrowiciel nie leczy, ale leczy. To główna różnica między lekarzami a uzdrowicielami. Musi pchnąć ciało, co uaktywni ukryte siły ciała.

Trudno było polemizować z tym stwierdzeniem.- Aby zapewnić żywotną aktywność organizmu, konieczne jest stałe dostarczanie energii ze środowiska zewnętrznego, które jest podstawową zasadą świata materialnego i jest obecne w każdym przedmiocie i zjawisku - kontynuował Druga. - Prana jest energią witalną niezbędną dla wszystkich procesów w żywym organizmie. Fizjologiczne ciało jest przewodnikiem energii życiowej. Pole energetyczne jednostki jest integralną częścią pól energetycznych kosmosu. Zwykli ludzie nie potrafią wykorzystać swojej energii, nie wiedzą, jak czerpać ją z kosmosu. Tylko nieliczni mogą to zrobić - powiedział ekspert od czakr.Кто бы сомневался, что она та избранная, избранней которой нет на всем белом свете!

- Uzdrowiciel, przepuszczając przez siebie pranę, może ją zwiększyć i stworzyć kanał energetyczny z efektem nadprzewodnictwa. To biopole wpływa na ludzi, wodę, fotografię. Wszyscy są naładowani. Natura jest przesiąknięta kanałami telepatycznymi, więc możesz leczyć na odległość lub ze zdjęcia. Udało mi się zostać przewodnikiem energii kosmicznej! - ogłoszony Przyjacielem Lotosu. - Mogę wyleczyć każdego za rozsądną opłatą.

Zastanawiam się, co myśli o umiarkowanej nagrodzie?

- Ale oszczędzanie na moich usługach jest jak śmierć! – powiedziała - Ponieważ nie oszczędzają na zdrowiu!

Oczywiste jest, że nie mam wystarczających środków, aby komunikować się z takim specjalistą.

- Na indywidualną konsultację można zapisać się dzwoniąc pod numery podane na ulotkach - dwie dziewczyny biegały po hali, aby dostarczyć kartki papieru wielkości pudełka po zapałkach wydrukowane na czarno-białej drukarce. Madame nie wydała dużo na reklamę.

- Moje centrum „Pranoprovodnost" czeka na Ciebie!

- Prano czego? - nie słyszałem.

- Pranoprovodnost - to jest centrum, do którego zabiera Wielka Dama Druga Padma - wyjaśnił mężczyzna siedzący po prawej stronie. Najwyraźniej jest jej fanem. Patrzy na Panią, jak głodny człowiek na talerz z jedzeniem, i patrzy na duszenie się śliny.

Rezultat wizyty u takiego uzdrowiciela będzie jak w żartie:

Uzdrowiciel pyta pacjenta:

- Jaki jest Twój stan po moich sesjach?

- Dzięki tobie uzdrowicielu mój stan znacznie się pogorszył!

Madame nas opuściła, a na scenę wszedł dziadek imieniem Rishikushaka.

- Rishikushaka znaczy „Mędrzec magicznej trawy" - wyjaśnił mój sąsiad po lewej. Wygląda na to, że jest fanem dziadka.

- Dziękuję - grzecznie podziękowałem.

- Magiczne zioło, którego mądrość wam przynoszę, nie jest ziołem, o którym wielu myślało - powiedział dziadek.

Zastanawiam się, kto o czym myślał? Czy on czyta myśli?

- Zostałem nazwany na cześć magicznego ziela turzycy. W Ałtaju mieszkałem w wiosce zielarzy-uzdrowicieli, którzy porównali moją esencję z boską turzycą.

Dziwne, co jest boskie w tej wieloletniej trawie? Jest głównym torfowcem, pełni rolę zbiorników słodkiej wody w biosferze, jest siedliskiem i pożywieniem dla wielu zwierząt i ptaków. Nazwa związana jest z ostrymi krawędziami liści trawy, wyposażonymi w mikroskopijne zęby piłokształtne. Może starzec pił w piersi?

W Górnym Ałtaju suszoną turzycę używano do wypychania materacy i poduszek, nogi owijano zamiast chust i wkładano do butów zamiast wkładek, w trakcie budowy układano je w rowkach między kłodami zamiast pakuł czy mchu. A co, jeśli zielarze-medycy uważali go za wtyczkę w każdej dziurze? I dlatego nazwali to tak dziwnym.

- Turzyca to słabo zbadana roślina, choć od dawna stosowana w medycynie ludowej. Napary i wywary z niej mają działanie wykrztuśne, zmiękczające, przeciwbólowe, łagodnie przeczyszczające, moczopędne, napotne i oczyszczające krew, - mędrzec przemówił. - W Ałtaju stosuje się 45 rodzajów turzyc, napary i wywary z kłączy, które pije się z katarem, kaszlem, krztuszeniem, przeziębieniem, zaburzeniami metabolicznymi, dną moczanową, bólami macicy, a także wysypkami skórnymi i czyrakami. Napar przygotowywany jest z pokruszonych kłączy. W farmakologii stosuje się tylko turzycę Parva. Otrzymuje się z niego chlorowodorek brevikolliny. Wzmacnia kurczliwość macicy.

Oczywiście była to dla mnie niezwykle ważna informacja! Osobiście prowadzący wywoływał łagodne nudności.

- Aby wyleczyć się ze wszystkich chorób, musisz recytować magiczną mantrę trzy razy dziennie:

„Adeza kevala vedadhiya ayusmat, atha abhakta bhuj. Abhakta ha adhi amaya atha gadhate anamiva idduzia ayati varsa" - mędrzec bełkotał w nieznanym języku.

Mężczyzna w okularach przede mną przetłumaczył:
- Radzę swoim czytelnikom, jak długo i jak to jest żyć. Jak pozbyć się choroby i zachować zdrowie na lata.

- Pamiętaj, dziewczyno, to jest język aryjskich bogów - sanskryt - wyjaśnił.

- Dzięki za tłumaczenie, - Może coś jest ze mną nie tak, sprawiam, że mężczyźni mają nieodpartą chęć oświecenia mnie?

- Dla tych, którzy chcą być wyleczeni ze wszystkich chorób i żyć długo i szczęśliwie, przygotowałem wspaniałą broszurę „Droga Uzdrowienia". Możesz go kupić podczas przerwy ode mnie. Za opłatą dam ci autograf na każdej ze stron moich badań. Droga do długowieczności jest w twoich rękach! - powiedział uroczyście Rishikushak. Jego praca miała najwyżej 10 stron. Myślę, że zwięzłość jest siostrą talentu i sposobem na obniżenie kosztów publikacji.

W końcu zapowiedzieli przerwę i poszedłem na spacer korytarzem.

Rozdział 2. Somovedeniye

Po przerwie sesja sekcji była kontynuowana. Następnym mówcą był Somoved.

-To znaczy,, Znając Somę - wyjaśnił mi mężczyzna siedzący za mną.

- Dziękuję - zawsze dziękowałem fanowi Somoved.

Głośnik miał atrakcyjny wygląd. Jego oczy błyszczały żarliwie, lekko niebieskawy nos błyszczał z przyjemności. Był w nim prawdziwy optymista. Ogólnie Somoved przypominał Carlsona, który mieszka na dachu. Bardzo pulchny mężczyzna w pełnym rozkwicie.

Korzystnie różnił się od przedmówców - suszonej płoci i starego leśnika. Lubię pozytywnych ludzi. Przy tej okazji przypomniałem sobie jedną anegdotę.

Spotyka się dwóch uzdrowicieli, jeden smutny, drugi wesoły. Pytają się nawzajem, jak sobie radzą. Smutny mówi:
- Wszystko jest źle! Lecę z jednego, umieram z drugiego ...
Drugie odpowiedzi:
- I u mnie wszystko w porządku! Z tego, co lecę, z tego, co umierają!

Mężczyźni w pokoju wyraźnie ożyli. Prawdopodobnie zabrzmi teraz naprawdę interesująca przemowa. Przygotowałem się do robienia notatek.
- Drodzy przyjaciele - Somoved zwrócił się do publiczności, - Cieszę się, że cię widzę w tym pokoju! Wszyscy zgadliście, że moje imię oznacza „Kto zna Somę". Nie jest tajemnicą, że Soma jest boskim napojem Aryjczyków. Istnieją różne teorie na temat jego pochodzenia i różnych receptur jego wytwarzania. Dokładnie przeanalizowałem informacje zgromadzone przez ludzkość. Adepci tradycyjnej nauki uważają, że przygotowanie rytualnego napoju Aryjczyków było złożonym rytuałem. Czerwony Grzyb, przypuszczalnie muchomor zerwany w czasie pełni księżyca, moczono w wodzie, a następnie wyciskano kamieniami wyciskającymi, oczyszczano przez sito z białej

dziewiczej wełny owczej, rozcieńczano wodą ze świętego źródła, mieszano z mlekiem i miodem, a następnie wlewano do naczyń, towarzysząc tym czynnościom czytając hymny pochwalne, którym nadano szczególne znaczenie. Na ostatnie dźwięki świętych zaklęć bóstwo weszło do pieniącego się napoju i zmieniło się w somę - mówca przerwał. Sala zamarła w oczekiwaniu.

- Wielka czarodziejka Svetlana Vasilievna Zharnikova myślała inaczej. Zgodnie z jej teorią tajemniczy napój bogów nie był naparem efedry ani muchomorów, nie wódki mlecznej, ale piwa, którego tajemnice przyrządzania są nadal utrzymywane w tajemnicy w odległych zakątkach rosyjskiej północy. To piwo gotowane z mlekiem i miodem otrzymało odurzający napój o niesamowitych właściwościach.

Po wielu latach badań doszedłem do innego wniosku. Boski napój można zrobić ze wszystkiego. Samogon - to prawdziwa Soma! Opublikowałem monografię w dwóch tomach na temat jej dobroczynnych i leczniczych właściwości. Dlatego nie będę się nad nimi szczegółowo rozwodzić. Jako podstawę wziąłem rośliny, jagody i grzyby, eksperymentowałem z substancjami nieorganicznymi. Znalazł niesamowite właściwości w napoju uzyskanym przez destylację obornika i kiszonki.

- Wydaje się, że podobny eksperyment przeprowadzono w latach 20 ubiegłego wieku - powiedział ktoś z publiczności..

- Masz absolutną rację! W 1926 roku Rada Gospodarki Narodowej rozważyła nowatorską metodę destylacji alkoholu i zezwoliła na jego destylację z ludzkich odchodów. Z jednego funta uzyskano ćwierć wiadra alkoholu. Kał był używany przez chłopów, ponieważ przedstawiciele tej klasy, podobnie jak bydło, jedzą pokarmy roślinne. Z tej okazji proletariacki poeta Demyan Bedny napisał swój wielki wiersz, - prelegent zacytował arcydzieło klasyki.

Ну, настали времена,
Что ни день, то чудо.
Спирт уж гонят из говна
Чертветную с пуда.

Русский ум изобретает
К зависти Европы,
Так что водка потечет
Прямо в рот из жопы.

И сумели власть забрать
Мы над новым миром,
Чистым спиртом будем срать
И пердеть эфиром.

И тогда мужик наш русский
Преотлично заживет,
Все сортиры перестроит
В винокуренный завод.

Будет чем платить налоги,
Будет чем кормить семью.
Спирто-трест протянет ноги,
Закрыв лавочку свою.

Пердунов обложат сбором,
На говно акциз введут,
И, по слухам, очень скоро
Жопы пробками заткнут.
(Nieprzetłumaczalna gra słów. Uwaga redaktora)

Cóż, nadeszły czasy
Każdy dzień to cud.
Alkohol jest już wypierany z gówna
Ćwierć wiadra z pudu.
Rosyjski umysł wymyśla
Ku zazdrości Europy,
Więc wódka spłynie
Prosto do ust z tyłka.
I udało się zdobyć władzę
Jesteśmy nad Nowym Światem,
Będziemy srać czystym alkoholem
I pierdnięcie eterem.
A wtedy nasz Rosjanin
Będzie dobrze żyć,
Wszystkie toalety odbuduje
Do destylarni gorzelni.
Będzie niż płacić podatki,
Będzie czym nakarmić rodzinę.

Alcoholtrest wyciągnie nogi,
Zamykając sklep swoje.
Pierdnięcie zostanie opodatkowane
Na gówno akcyzę wprowadzą,
I według plotek niedługo
Dupki zostaną zaślepione wtyczkami

- Radzieccy wynalazcy wymyślili odważniejszą technikę, ale ogólnie zainspirowali mnie. Chociaż, przyznaję, aromat składników nie pozwalał na to, by produkcja tego nektaru trafiła do strumienia przemysłowego. Na razie wolumeny emisji Somy nie są duże, ale szukam inwestorów. Do produkcji wykorzystywane są wyłącznie surowce lecznicze. Moim zdaniem najciekawszy smak w próbkach zaparzanych herbatą Ivan, delikatną konsystencję uzyskuje się po dodaniu chmielu. Ale nie zdradzę ci wszystkich tajemnic! - asystent zbliżył się do prowadzącego, rozmawiali. Somoved zwrócił się do publiczności:
- Zainteresowanych tym tematem zapraszamy do kolejnej publiczności i przyłączenia się do dyskusji przy okrągłym stole.
Część wzniosłych osób, z pogardą wydymając usta, wyszła z sali. Większość mężczyzn i wesołych kobiet poszła za mówcą do następnego pokoju. Nie oderwałem się od drużyny.
Zainteresowane osoby usiadły przy okrągłym stole. Dostaliśmy kartki papieru. Somoved sugerował:

- Proszę o podzielenie się ze mną swoimi przepisami na bimber i nalewki. Po przejrzeniu twojej pracy, będziemy kontynuować dyskusję o boskich napojach. - Wymówił się z publiczności.

Zdecydowałem się wziąć udział w eksperymencie i napisałem mój ulubiony przepis na „Muchomorowkę".

Aby przygotować nalewkę, należy wziąć pięć średnio mocnych nakrętek czerwonych muchomorów, rozbić je na kawałki, włożyć do butelki o pojemności 0,7 litra, najlepiej wykonanej z ciemnego szkła. Wlej wódkę, trzymaj w ciemnym miejscu w normalnej temperaturze przez 21 dni, od czasu do czasu wstrząsając. Następnie przecedzić przez gazę, najlepiej w butelce z ciemnego szkła. Weź w nocy zgodnie ze schematem od jednej do dwudziestu pięciu kropli, a następnie w odwrotnej kolejności (od dwudziestu pięciu do jednej). Możesz zjeść z łyżeczką miodu lub startą marchewką. Pij na kursach z minimalną miesięczną przerwą.

Nasz guru wrócił i zaczął przeglądać papiery:
- Bardzo podobał mi się przepis na „Muchomorowkę" od Żanny Wieśowej. Kto to jest? - Podniosłem rękę. - Tylko że nie wziąłbym wódki za podstawę, ale mój firmowy bimber na orzeszkach piniowych.

Mężczyźni przy stole zaczęli patrzeć na mnie z zaciekawieniem, a nawet szacunkiem. Mimo to dostałbym pochwałę od luminarza produkcji alkoholu! Somoved zidentyfikował kilka bardziej udanych przepisów. Na tym kończy się analiza doświadczenia publiczności.

– Czy wiecie, koledzy i ludzie o podobnych poglądach, że z wykształcenia jestem geodetą, ukończyłam Akademię Kuban?

W okresie prohibicji pracował w Okręgowym Komitecie Wykonawczym ds. Architektury. Tam moje boskie przeznaczenie zostało mi objawione, stworzyłem moją pierwszą Somę. Nadal nie mogę zapomnieć nektaru, który dostałem z portugalskiej pasty pomidorowej w sekretnym pomieszczeniu pod schodami! Woziłem go na bimber przerobiony z teodolitu. Zapach był taki, że szef Okręgowego Komitetu Wykonawczego był szczerze zdziwiony uporczywym zapachem gorzelni w powierzonej mu instytucji. Wyciąg z sali przeniesiono do archiwum instytucji. Bez względu na to, jak bardzo starał się szef, źródło kadzidła pozostawało dla niego tajemnicą. W końcu uznał, że to zapach prawdy, który emanuje archiwalnymi dokumentami, - człowiek, który wygląda jak Carlson, ucieszył nas swoją nostalgiczną historią.

Kilka butelek z mętnym płynem zostało uroczyście wniesionych do pokoju. Zapach bimbru!

- Od dawna lekarze próbowali na sobie wszystkich swoich leków. Dlatego nalewki i balsamy są przygotowywane z alkoholem. Proponuję alternatywną podstawę dla twoich mikstur. Może być stosowany jako samodzielny zabieg. Teraz przejdźmy do degustacji moich eliksirów! - ogłosił Somoved.

- Czy będziemy grać rolę sommeliera? - zapytał jeden z mężczyzn.

Przyszła mi do głowy anegdota na ten temat:
- Kiedy dostaniesz pracę? - zrzędzi żona męża.
- Znajdę pracę, która mi odpowiada i ...
- Więc nigdy! - warknęła jego żona.
- Dlaczego, Lucy?
- Vadik, w naszym mieście nie ma wakatów sommelierów.

- Sommelier to ten, który wlewa Somę w siebie, - powiedział nauczycielowi. - Tak wyjaśniam nazwę tego zawodu. - Wlejmy w siebie boski nektar, posmakujmy Somy!

Teraz przyczyna rewitalizacji męskiej części uczestników seminarium stała się jasna. To jest to, na co tak tęsknie i niecierpliwie czekali.!

- Jeśli droga do serca się nie otworzy, spróbuj zapukać do wątroby - uzdrowiciel przemówił i przełknął ślinę. Wydaje się, że jest wielkim fanem swojej twórczości!

- Szkoda, że ludzie mają dwie nerki i tylko jedną wątrobę - ze smutkiem kontynuowałem jego stwierdzenie.

Mężczyzna po prawej docenił moje poczucie humoru:

- Co za głęboka uwaga!

Małe plastikowe stosy w magiczny sposób pojawiły się na stole lub po prostu myślałem. Butelki zatoczyły koło.

- Cedar Soma wykonana według receptury syberyjskich szamanów! - oznajmił prelegent.

Jak wszyscy, wziąłem łyk kropli boskiego nektaru. Bimber jak bimber!

- Soma zaparzona herbatą Ivan według receptury mnichów z klasztoru Sołowieckiego!

Drugi łyk. Już poszło lepiej!

- Soma z chmielem, gotowana według starej receptury Aryan Magi!

Naprawdę miękkie!

- Sum na pąkach brzozy, osobisty przepis Siergieja Jesienina!

Uczestnicy sekcji terapii alternatywnych dogonili tempo. W rezultacie wszyscy byli dość weseli i weseli. Rozpoczęła się nieformalna komunikacja, atmosfera stała się przyjazna i luźna.

Niestety, źródło radości wyschło. I zaproponowano udanie się do sali bankietowej, gdzie uczestnicy konferencji czekali na uroczysty stół w formie bufetu. Pomysł wydawał się każdemu po prostu wspaniały, ludzie spieszyli się, aby świętować dalej, aby nie przegapić karmicznej inspiracji.

Rozdział 3. Bus Kolovrat

Na bankiecie poznałem Victorię. Zarumieniła się i figlarnie spojrzała na boki:

- Jak, Jeanne, było spotkanie twojej sekcji?

- Na początku było nudno, ale Somoved wszystko naprawił - moje oczy też błyszczały po blasku księżyca.

- Czy to nie jest krewny Somowa, którego skarbu szukaliśmy? - Vika przypomniała mi o naszych ostatnich przygodach.

- Somoved nie jest imieniem pochodnym od nazwiska Somov. Zna tajniki robienia bimbru, który kojarzy mu się z boskim napojem Soma.

- Wygląda na to, że czciliście magiczny eliksir bogów? - Vikulya spojrzała na mnie podejrzliwie.

- Co ty, tylko trochę! - zapewniłem ją. - Czy miałeś coś interesującego na temat „Tantrycznych metod życia codziennego"?

- Oczywiście! Dużo się nauczyłem! Złapałem ci pamiątkę - wyjęła z torebki coś zawiniętego w celofan i podejrzanie przypominającego ogórek, tyle że jego kolor był trujący zielony.

- Wstydzę się zapytać, co to jest?

- Lingam tantryczny, w prosty sposób dildo, wykonany jest z ultranowoczesnego materiału silikonowego, ma niepowtarzalny kolor.

- Zbyt wyjątkowy - zachichotałem.

- O! To jest lecznicze spektrum kolorów, uleczy cię od wewnątrz. Wystarczy ćwiczyć z nim cztery razy dziennie po 2 godziny!

- Łącznie 8 godzin dziennie? Obawiam się, że nie poradzę sobie z zadaniem. Nie widzę uzdrowienia jak moje uszy! - Śmiałem się.

- Musisz poświęcić więcej czasu swojemu zdrowiu! - Vika mnie nauczyła.

- Masz dla siebie taki urok?

- Pewnie!

- A dla Eugene'a będzie czas po zabiegach leczniczych?

- Och, nie myślałem o tym - Vikulya zaczęła coś liczyć w myślach. Potem jej twarz pojaśniała. - Zrobię ćwiczenia, gdy Zhenya będzie zajęta!

- Jaki jesteś nienasycony! - W zamyśleniu położyłem prezent na stole i byłem rozproszony.

Przypomniałem sobie anegdotę:

Przy ladzie warzywnej jest kolejka. Pierwszy klient kontaktuje się ze sprzedawcą:

- Zawieś mi kilogram ogórków, długi i gładki.

Następny klient pyta:

- Czy mogę dostać kilogram krótkich i grubych?

- A ja, proszę, te z pryszczami! - pyta trzeci.

Nadeszła kolej mężczyzny.

- Młody człowieku, czego chcesz?

- Nieważne, zjem je!

Ludzie nieustannie poruszali się po sali. W tłumie zauważyłem mężczyznę w dziwnym ubraniu. Miał na sobie jasną, jasnożółtą marynarkę i luźne czerwone spodnie, a zielone łupki zdobiły jego bose stopy. Przez głowę przemknęło mi niejasne wspomnienie.

- Co to za wielokolorowy strach na wróble? Ubrany jak sygnalizacja świetlna. - Vika spojrzała na chłopa.

- To jest wujek „Sygnalizacja świetlna"! - olśniło mnie. - Dziesięć lat temu skrzyżowałem z nim ścieżki w sprawach wydawniczych.

- Ta sama szumowina, która hoduje karaluchy i nadaje im imiona nazistowskich przywódców? - najwyraźniej przypominając sobie moją historię, zapytała Victoria.

- Dokładnie on. Kiedyś był liderem ruchu skinheadów.

- Dlatego ocierają się o niego dwaj młodzieńcy z ogolonymi głowami - powiedział przyjaciel. - Te dziewczyny wpadły w tantryczny krąg. Przedstawili się jako Zita i Gita, a następnie weszli na podium i zaczęli demonstrować tantropozy, aż nasz przywódca Mahadeva wyrzucił ich ze świątyni miłości za to, że byli wulgarni i nieletni.

- Czy pokazywali tantropozy w kostiumach bolońskich? - Byłem ciekawy.

- Czym jesteś! Rozebrały się, dziewczyny nie mają nic pod garniturami! - Vika była oburzona. - Uciekając, laski złapały dwa lingamy.

Spojrzałem na stół i odkryłem, że brakuje pamiątki Vikulina:

- Wygląda na to, że ktoś porwał mój lingam, - byłem zachwycony.

- Co za typ ludzi! Nic nie jest święte! - ubolewała dziewczyna.

Podeszła do nas kobieta w dziwnych, błyszczących szmatach przypominających sari:

- Siostry, posmakujcie boskich vatry! - wręczyła nam talerz serników grzybowych. Odmowa była niewygodna, braliśmy pojedynczo i dziękowaliśmy dobroczyńcy.

- Dziękuję, bardzo smaczne! - Vika zgrabnie ugryzła ciasto.

Ja też tego próbowałem. Dość specyficzny smak. Po Somie ciasta nie poszły. Już dawno nauczyłem się, że grzybów nie należy popijać alkoholem. Na przykład jedzenie grzyba atramentowego, gdy jest młody, dobrze smakuje. To dość lekki i dietetyczny posiłek. Ale jeśli alkohol dostanie się do organizmu w tym samym czasie, smakosz otrzyma piankę w kolorze atramentu ze wszystkich pęknięć.

- Dzięki Vatras napisałam swoje książki „Początki Colo-gatia" i „Dharma". Zsyłali mi boskie oświecenie i oświecenie - zapewniła nas pani. - Victorio, pamiętaj, że lingasy powinny być używane tylko po zjedzeniu vatras.

Znowu ucieszyłem się, że brakuje mojego zielonego przyjaciela.

Dziwna kobieta podeszła do innych gości, wąchając grzybowe serniki.

- Kto to jest? - zapytałem przyjaciela.

- Tantra Kama Guru Mahadevi.

- Złamiesz sobie język - narzekałem..

- Prowadzi naszą sekcję. Te grzyby kojarzyły mi się z „filipkami", które zjadłem w Zhikharevo. Może wtedy nie miałem wizji i halucynacji, ale objawienia?

- To wtedy zjadłeś halucynogenne grzyby i straciłeś narzeczonego?

- Zhanna, jesteś gotowa wulgaryzować wszystko - Vikulya zacisnęła usta. Ale minutę później na jej twarzy pojawił się błogi uśmiech, a przyjaciółka zaczęła się trząść. Wyjęła z torebki lingam i zaczęła go głaskać palcami.

- Tylko nie próbuj tutaj odrabiać lekcji z tantriogi - pociągnąłem mojego przyjaciela. Z żalem włożyła zielone rzeczy z powrotem do torby.

Za późno zauważyłem, że Somoved zbliża się do nas z jakimś imponującym chłopem.

- Zhannochka, to jest Iljiczow Prochor Witalijewicz!

- Możesz po prostu Prokhor - przedstawił się mężczyzna.

- A to jest Jeanne! Jest wielkim koneserem nalewek, prawdziwym koneserem bimbru, dziennikarką, poetką i po prostu pięknością! - polecił mi guru Somy.

- Bardzo dobrze! To moja przyjaciółka Victoria, - Somoved spojrzał na Vikę i był oniemiały z zachwytu. Zaczęła się do niego słodko uśmiechać.

- Jaki kierunek tutaj reprezentujesz, Victorio? - on zapytał.

- Tantryczny - mruknęła jej przyjaciółka. Trzymaj mnie dwa!

- Może piękności dotrzymają nam towarzystwa i wreszcie zasiądziemy do stołu? - zasugerował Prokhor.

- Ale tutaj jest stół w formie bufetu - słusznie się sprzeciwiłem.

Przypomniałem sobie anegdotę na ten temat:

- Sarochka, stół w formie bufetu jest wtedy, gdy masz ręce?

- Borechka, na stojąco jest bufet!

- Proponuję udać się do mojego gabinetu, panuje spokojniejsza atmosfera - kusił Iljiczew.

- Gdyby nie przez długi czas ... - wątpiłem.

- Chcę usiąść! - powiedziała Vika.

Udaliśmy się do wnęk Prochora. W biurze panował zmierzch, stół był zastawiony jedzeniem.

- Koniak, cytryna, jesiotr wędzony, kiełbasa, półmisek serów, owoce - wszystkie rodzime białoruskie, - na liście Somoved. - Co chcesz?

- Usiądź na czymś miękkim - powiedziała koleżanka i opadła na krzesło, grzybowe vatras nadal na nią działały.

Guru bimberu przyjął rolę tostmastera:

- Chcę zaproponować ten toast pięknym paniom! - szybko nalał koniak do kieliszków.

- Do znajomości! - Wsparłem. Możesz pominąć szklankę z tak wspaniałą przekąską.

Drzwi do biura otworzyły się, wujek «Sygnalizacja świetlna» bezczelnie przeciekła do pokoju. Zita i Gita poszły za nim. Ogolone głowy, w bolońskich dresach i klapkach, dziewczyny wpatrywały się dziko w stół z przekąskami.

- Obcy, wyjdźcie z biura! - rozkazał Prokhor Vitalievich. Młodzież wyparowała. „Sygnalizacja świetlna" usiadła przy stole, właściciel był zaskoczony jego zuchwałością.

- Bądź rozsądny! Bus Kolovrat! - przedstawił dziwnego faceta w łupku. - Ile masz havchików! Nie kupuj komradowi papierosa?

- Nie palimy i nie radzimy, - Somoved wszedł w dialo.

Bus robił sobie kanapkę. Dwa kawałki jesiotra na surowej wędzonej kiełbasie i serze. Wepchnął tę piramidę do ust:

- Te kobiety są bardzo aroganckie, przynajmniej je wypędziłeś - prawdopodobnie Kolovrat miał na myśli Zitę i Gitę. - Nie lubię tych starych!

Czy ci młodzi są dla niego starzy? Spojrzałbym na siebie jak na pomarszczony suszony owoc!

- Prawnik mojego byłego stał się całkowicie bezczelny, pozwał mnie za niepłacenie elementów. Któregoś dnia o 7 rano przyszły do mnie dwie mordovoroty w postaci komorników. Nie obchodziło ich, że w pokoju śpią dzieci i nie mogę zostawić ich samych bez opieki. Komornicy zwabili mnie do złożenia wyjaśnień, a sami zabrali mnie do sądu i zamknęli. Dla reżimu nie ma nic świętego! Bóg ukarze ich wszystkich! Sąd w pośpiechu rozpatrzył sprawę i przyznał mi 50 godzin pracy przymusowej. Wokół arbitralności! - narzekał na jego ciężki samochód Bus.

- Czy były jakieś długi? - zapytał guru bimberu.

- Co na mnie wpadasz? Komornicy dbają o ich tyłek. Sam dbam o swoje dzieci. Powiedz mi też, że wymiar sprawiedliwości dla nieletnich dba o nasze dzieci! Winny jest prawnik mojej drugiej żony. Noga jego matki! - odezwał się Kolovrat.

- Ale musisz zapłacić alimenty. To trochę, co możesz nadrobić brak obecności ojca w życiu dzieci - próbował skorygować swój mózg Somoved.

- I Ty też! Moja druga żona jest dobra, powiedziała, że sąd się mylił. Byłoby lepiej, gdybym tulił jej ziemniaki i nie pracował ciężko przy obowiązkowej pracy.

- Czy nie wystąpiła o utrzymanie dziecka?

- Nie, jej prawnik.

Rozmowa z nieadekwatnymi moim zdaniem nie miała sensu.

- Robię wszystko po swojemu, a nie tak, jak należy, rozkazał - mówiła sygnalizacja świetlna. - Żyję tylko dla dzieci, w snach widzę tylko je, a nie nagie kobiety. Zaufaj mi!

Do biura wbiegła około pięcioletnia rudowłosa dziewczyna.

- Tato, spójrz, co ukradłem - pokazała lingam, taki jak ten, który zgubiłem. - Teraz mam taką samą zabawkę jak Zita i Gita! - cieszyła się córka Kolovrata.

- Czyste dziecko! - powiedział z dumą Bus. - Jest taka otwarta, bezpośrednia, towarzyska! Znajdzie podejście do każdego.

Czyste dziecko w brudnej sukience wspięło się na kolana Prokhora, który został po prostu sparaliżowany taką spontanicznością. Dziecko zaczęło chwytać dłońmi jedzenie ze stołu i chętnie wpychało je do siebie. Rozczochrane czerwone loki wpadły do ust wraz z kawałkami jedzenia. Córka tatusia zakrztusiła się, splunęła, ale nadal jadła.

- Co, dziewczyno, tatuś cię nie karmi? - ze współczuciem patrząc na chudą istotę, zapytał Somoved.

- W domu mamy tylko chiński makaron, nawet w święta dostępne są pierogi warzywne - wyjaśniła córka

Busy. - Nie jemy mięsa, - włożyła do ust pięć kawałków kiełbasy na raz, - ponieważ tatuś mówi, że to szkodliwe.

Sukienka małego dziecka podniosła się i stało się jasne, że nic pod nim nie ma.

- Jest Ci zimno? - zapytał guru.

- Jestem hartowany, jak mówi tata!

- Monitoruję stan zdrowia dzieci.

W domu chodzimy nago, aby ciało mogło oddychać. Śpimy razem na podłodze, ogrzewamy się wewnętrznym ciepłem - wyjaśnił troskliwy ojci.

Dziewczyna napełniła się i pocałowała wujka Prokhora w policzek brudnymi i tłustymi ustami.

- Bardzo Cię kocham! - skrzywił się wujek.

W tym momencie do pokoju weszła Mahadevi, jej oczy przesunęły się do czoła:

- Co to jest?

- To niewinna dziecinna miłość do jasnej aury - skomentował sytuację Kolovrat.

Prokhor z trudem strząsnął dziecko z siebie, a dziecko wyskoczyło z gabinetu. Bus też jest pełny:

- Wszędzie są zdrajcy! - zawołał, rozejrzał się podejrzliwie i wyszedł, nie żegnając się z nami. - Zwierzęta są nienasycone! - zwrócił się do kogoś na korytarzu.

Zwróciłem uwagę na stół, który kiedyś pękał od jedzenia. Zniknął z niego jesiotr i kiełbasa. Cuda i nie tylko! Czułem się zabawnie, przypomniałem sobie komiks:

Jest prezentacja firmy, stół w formie bufetu.

Chłop podszedł do stołu, zaczął wszystko z niego zrywać i połykać, popijając ze wszystkimi. Nagle zauważył młodego mężczyznę, stojącego skromnie obok kieliszka szampana w jego dłoni.

- Hej! Chodź tu! Zobacz, ile żarcia!

- Dziękuję, nie jestem głodny - odpowiedział młody człowiek.

- Nie zrozumiałeś? To wszystko jest darmowe!

- Rozumiem, ale jestem pełny.

- Tak, jesteś na łonie natury, patrz, czarny kawior, jesiotr, wódka! - nienasycony chłop nie zatrzymał się.

- Dziękuję, nie chcę.

- Straciłes rozum?! Jedz, dopóki coś zostanie!

- Patrz, jem, gdy jestem głodny, i piję, gdy jestem spragniony! Rozumiesz mnie? - młody człowiek nie mógł się oprzeć.

Mężczyzna otworzył oczy: - Jesteś jak zwierzę!

Mahadevi stał przez chwilę, myślał o czymś i też wyszedł.

Somoved otworzył okno, znacznie łatwiej było oddychać.

- Ciekawe, kto go zaprosił? - zapytał nauczyciel bimberu.

Prokhor wziął teczkę z papierami i przejrzał je:

- Tego nazwiska nie ma na liście zaproszonych. Zajmę się teraz strażnikami! Mam tylko minutę, panie - wyszedł.

Guru Somy usiadł z Victorią:

- A co robi w życiu taka urocza nimfa?

- Jestem chemikiem - zachichotała Vika.

- O! To takie interesujące! Widzę w tobie pokrewnego ducha, w końcu jestem też w pewnym sensie chemikiem - zaczęli rozmawiać o procesach chemicznych, które zachodzą podczas destylacji.

- Zrozumiano - Prokhor wrócił do biura. „Ta firma wyciekła z tylnych drzwi. Ochrona nakazała ich wyrzucić i nie zezwalać im już na udział w kongresach.

- Tacy goście mogą zdyskredytować idee wedyzmu-szamanizmu - powiedział odpowiedzialny za Soma. - Prokhor, możesz sobie wyobrazić, chemik Wiktorii!

- Kandydat nauk chemicznych - dodałem.

- Łał! - Somoveda pękał z radości.

- Czy ty, Żanna, zajmujesz się dziennikarstwem? - zapytał Iljiczow.

- Można tak powiedzieć - odpowiedziałem..

- Zapraszam jutro na zamknięte spotkanie organizowane wspólnie przez klub „Naukowcy z całego świata" i klub „Podróżnicy w przestrzeniach geograficznych". Nie będzie przypadkowych ludzi. To wydarzenie jest dla elity! - Prokhor spojrzał na mnie.

- Aha, i zgodziłem się z tantrystami na jutro - powiedziała Vika.

- A ty, Zhannochka, jakie masz plany? - właściciel szafy nie pozostawał w tyle za mną.

- Muszę skoordynować plany z redakcją i zatwierdzić zadanie redakcyjne na jutro, - spróbuję się wydostać.

- Nie martw się, zgodzę się wszystko z twoim przywództwem - zapewnił mnie Prochor Witalijewicz.

Razem z przyjacielem pożegnaliśmy się z gościnnym organizatorem imprezy. Somoved poprosił o odprowadzenie Victorii. Nie wiem, jak pozbyła się go później? Poszedłem też do domu odpocząć i nabrać sił przed jutrzejszym dniem pracy.

Rozdział 4. Spotkanie zamknięte

Ogólnie praca dziennikarza nie jest zła. Chodzisz na konferencje, słuchasz mądrych i niezbyt inteligentnych ludzi, zadajesz pytania. Następnie degustacje i bufety, próbujesz różnych przysmaków. A potem redaktor zaczyna pisać: „Gdzie jest tekst?" Przynajmniej przestań.

Jakże często słyszałem podobne słowa od innych dziennikarzy. A teraz ona sama jest w podobnej sytuacji. Wczoraj tak bardzo zasmakowałem Divine Soma, że nie mogłem napisać ani jednej linijki. Dziś musimy pracować za dwa dni. Nie chcę, żeby to potoczyło się jak w tym żartie:

- Nie planuj niczego na jutro - będzie stół w formie bufetu.

- Więc stół w formie bufetu jest dzisiaj?

- Więc mówię, nie planuj niczego na jutro!

Członkowie sekcji astrologów biegali po sali, nie mogąc znaleźć swojej sali wykładowej. Najwyraźniej gwiazdy im o tym nie mówiły.

Astrologia to nauka ścisła. Wszystko, co jest napisane w horoskopach, z pewnością się spełni. Tylko nie wiadomo, kiedy, gdzie iz kim.

Niektórzy, nawet wybierając prezent, kierują się znakiem zodiaku obdarowanych.

Pamiętam, jak kiedyś jadłem lunch w kawiarni i przypadkowo usłyszałem rozmowę między trzema przyjaciółmi.

- Mój mąż to Strzelec według horoskopu, mówi jeden, więc na urodziny dałem mu broń.

- Mój mąż to Ryba, dam mu akwarium - powiedział drugi.

- A mój to Koziorożec. Co mu dać? - trzeci przyjaciel był zdziwiony.

Na schodach spotkałem grupę szamanów. Część z nich miała tamburyn, a część z laptopami. Może są programistami szamanów?

Niedawno usłyszałem żart: „Praca programisty i szamana ma wiele wspólnego. Na przykład obaj wymawiają niezrozumiałe słowa, wykonują niezrozumiałe czynności i nie potrafią wyjaśnić, jak to wszystko działa ”.

Ogólnie rzecz biorąc, najbardziej przesądny dzięcioł na świecie. Zapytaj dlaczego?" Ale ponieważ cały czas puka w drewno.

Tak rozumując trafiłem na zamknięte spotkanie, które zorganizował klub „Naukowcy całego świata” oraz klub „Podróżnicy w Przestrzeniach Geograficznych”. Prochor Witalijewicz, widząc moją osobę, po prostu zaczął świecić szczęściem. Podskoczył i posadził mnie w wygodnym fotelu, żeby móc cały czas widzieć. Jego uwaga była nawet lekko schlebiona, a wśród dwóch obecnych starszych pań, z których jedną rozpoznałem jako Sofię Grigoriewną, wzbudziła niezadowolenie. Patrzyli na mnie z dezaprobatą.

Przewodniczący Prokhor otworzył spotkanie, dając do zrozumienia, że tutaj poznamy straszne sekrety i sekrety ludzkości. Już złapał ducha!

Na początku Henrietta Ivanovna Petrova uszczęśliwiła nas swoim występem. Jej reportaż na temat „Hyperborea: mity i rzeczywistość" otworzył mi drogę do kraju Morfeusza, ale odważnie walczyłem ze snem.

- Na północy Morza Mlecznego, na północ od Meru, leży duża wyspa Shveta Dvipa, Biała Wyspa lub Wyspa Światła. To jest kraj, w którym zjada się błogość. Mieszkańcy tego kraju, odważni ludzie, odsunięci od wszelkiego zła, są obojętni na honor i hańbę, cudowny z wyglądu, pełen witalności. Ich kości są mocne jak diament. Nie mieszka tu osoba okrutna, niewrażliwa i bezprawia, - uspokoić Madame Henriettę, cytatami z ich Mahabharaty.

- Za górami Ripean, po drugiej stronie Aquilonu, szczęśliwi ludzie zwani Hyperborejczykami osiągają bardzo zaawansowane lata i są wychwalani przez wspaniałe legendy ... Domami tych mieszkańców są gaje i lasy. Kultem bogów zarządzają jednostki i całe społeczeństwo. Nie ma niezgody i żadnych chorób. Śmierć przychodzi tam tylko z sytości życiem, - cytowany przez prelegenta „Historii naturalnej" Pliniusza Starszego.

Z przesłania Henrietty Iwanowna zrozumiałem, że mitologia, opowieści o ludach północnych świata, najstarsze święte teksty Indii i Iranu, najbardziej autorytatywni historycy Hellady w rzeczywistości jednogłośnie twierdzili, że w czasie już zapisanej historii w północno-wschodniej Europie, w warunkach Złotego Wieku, szczęśliwy , mili, piękni i mądrzy ludzie. To on położył wiele kulturowych fundamentów współczesnej cywilizacji. Hyperborea istniała w znacznie głębszej przeszłości niż ta, która do niedawna uważana była za precyzyjnie ustalony okres narodzin cywilizacji w Rosji.

Jak miło jest być świadomym siebie jako potomka starożytnej cywilizacji, która kiedyś istniała na bezmiarze północnej Rosji, w czasach, gdy nikt nawet nie słyszał o starożytnym Egipcie. Prawdopodobnie jestem potomkiem Hyperborejczyków, bo mądry, miły i piękny.

Znowu się zdrzemnąłem. Ostatnio przeczytałem anegdotę i długo się śmiałem, uśmiecham się a ty:

Aryjczycy, Atlantydzi, Hiperborejczycy, Lemurianie, Tytani… Co łączy te niegdyś kwitnące cywilizacje, które poszły w zapomnienie? Oddali ducha, nie mogąc oprzeć się rywalizacji ze starożytnymi ukrami…

Aby nie zasnąć całkowicie, zacząłem oglądać Prokhora, który siedział naprzeciw. Wybitny człowiek. Wzrost nieco powyżej średniej, raczej stonowana postać jak na jego 60-letnią sylwetkę, faliste włosy są prawie siwe, duży nos, jak mówią „snobel”, wystające łuki brwiowe, głęboko osadzone oczy o brązowozielonym odcieniu, podbródek wysunięty do przodu. Ogólne wrażenie zepsuł kształt czaszki: skośne czoło i kulisty kark. Iljiczow wyraźnie nie spełniał hiperborejskiego ideału piękna.

Mówca zakończył nudną prezentację i zapowiedziano dziesięciominutową przerwę. Niezauważony wymknąłem się na korytarz, żeby nie spotkać się z Prochorem.

Na jednych z drzwi znajdował się napis wydrukowany na papierze formatu A4 i przyklejony taśmą. "Uwaga! Jest ogólna medytacja "- przeczytaj jego tekst - zastanawiam się jak?

Na tablicy ogłoszeń były perły szalonej myśli, było też z czego się śmiać. „Certyfikowani magowie, czarownicy, jasnowidze i prorocy są zapraszani do kreatywnych i wysoko płatnych prac. Sam wiesz, gdzie i kiedy przyjść "- napisał ktoś na żółtej kartce papieru.

Albo reklama: „Leczę wirusa z fotografii twojego komputera". A może spodoba Ci się to arcydzieło: „Dziedziczny alkoholik trzeciego pokolenia pomoże usunąć uzależnienie od jakiegokolwiek kodowania"? Ta reklama jest jeszcze lepsza: „Doświadczony magik wyleczy cię z naiwności i nadmiernej łatwowierności. Przy 100% przedpłacie gwarantuję 100% rezultatu. "

Na korytarz wyszli uczestnicy sekcji jasnowidzów.

- Przepraszam, czy jest pani tą samą jasnowidzem, Madame Vorozheya? - zwrócił wątłego mężczyznę w okularach do kobiety w czarnym ubraniu.

- Tak, Nikołaj Iwanowicz - odpowiedziała Madame.

- Ale ja nie jestem Nikołajem Iwanowiczem - mężczyzna był zdezorientowany.

- Wiem - dodał jasnowidz nie zawstydzony.

Ten szaman z pewnością wyleczy się z łatwowierności na zasadzie przedpła!

Dwie wzniosłe osoby stanęły obok mnie i zaczęły rozmawiać z ożywieniem.

- Czy medium Vishu, do którego poszedłeś, pomogło ci? - zapytał ten, który był niższy.

- Tak! To po prostu okropne! Mąż wrócił! - zawołała druga, z rozpaczą ściskając ręce na wysokości piersi.

- Nie chciałeś tego? - jej koleżanka była zdziwiona.

- Ale pierwszy mąż wrócił! Nie żyje!

Co się dzieje z tymi medium? Odejdę.

Przerwa dobiegła końca i wróciłem do zamkniętego spotkania..

Kolejnym mówcą był Światosław Witalijewicz Glukharev. Całkiem kolorowy typ. Tęgi, z wyraźnym brzuchem, w białej koszuli wyszywanej swastykami, ledwo wcisnął się na ambonę. Siwe włosy Światosława zwijały się w duże loki. Ogólnie na głowie było dużo roślinności: czapka z włosami, rozpryskana broda i wąsy. Ten mod w stylu staro-cerkiewno-słowiańskim wiązał swoje loki białym warkoczem z czerwonym ornamentem w postaci krzyżyków i przepasany lnianym sznurkiem. Oprócz roślinności jego twarz była ozdobiona dużym szydełkowym nosem, jak drapieżny ptak. Oczy mężczyzny błyszczały szarawoniebiesko i były chytrze zmrużone.

Glukharev zaprezentował swoją książkę „W poszukiwaniu świętej hiperborei". Początkowo długo mówił o swoim wkładzie w światową naukę. Wydawało mi się, że chciał powiedzieć, że odkrycie cywilizacji hiperborejskiej to wyłącznie jego zasługa. Następnie mówca wyjął plik książek z torby na ramię i wysłał je między rzędami:

- Wszystkie tajemne miejsca starożytnej cywilizacji opisane są przeze mnie w tej wyjątkowej publikacji. Zebrałem ekskluzywny materiał, zaprezentowałem rzadkie zdjęcia. Możesz kupić moje monumentalne badanie za jedyne 100 euro, ta cena jest dostępna tylko dla Ciebie, moich przyjaciół i współpracowników!

Nagle na oddział wyskoczył mężczyzna około pięćdziesiątki z twarzą chomika. Jego włosy były rozczochrane, nos poczerwieniał od ziemniaków, marudził się i krzyczał:

- Ten fałszywy autor ukradł 99,9% materiału z mojej książki, artykułów, ukradł moje zdjęcia! - chomik chwycił haftowaną koszulę grubasa i zaczął nim potrząsać, dzwoniąc metalem w głosie. - Dumny, przekonany o własnej nieomylności głupiec, ubrany w strój autora! Złodziej!

Prokhor ledwo rozdzielił mężczyzn:

- Uspokój się, Grigorij Walentinowicz! Wszyscy robimy jedną wielką rzecz - niesiemy ludzkości światło prawdy!

- Dlaczego nosi moją prawdę pod własnym nazwiskiem? - chłop był oburzony.

- Z pewnością zajmiemy się tą kwestią - zapewnił Iljiczow.

- To Sinitsyn Grigorij Walentinowicz - wyjaśnił mi mężczyzna siedzący po mojej lewej stronie. - Razem jeździli na wyprawy z naszego klubu „Podróżnicy w przestrzenie geograficzne" i prowadzili prace badawcze, a teraz pokłócili się.

Jakie są jednak pasje wśród uczonych podróżników!

Ogłosili kolejną przerwę. Mój wczorajszy znajomy Somoved wszedł do holu, ciągnął pudełko z butelkami bimbru:

- Czas, aby wszyscy dołączyli do piękna! - uroczyście ogłosił nauczyciel Somy.

Garnki były wypełnione boskim nektarem i przeszły przez publiczność.

- To mój ulubiony Soma pieprzowy! - przedstawił napój Somoved.

Zauważyłem, że w butelkach pływało 7 czerwonych ostrych papryczek.

- Siedem to święta liczba - wyjaśnił guru - symbolizuje siedem czakr osoby. Zadaniem uzdrowiciela jest napełnienie energią wszystkich tych czakr. Mój bimber działa najlepiej!

Uczestnicy spotkania zaczęli czerpać energię z Somy. Upiłem łyk i oczy prawie wyskoczyły mi z orbit. Trująca mieszanka! Postanowiłem powstrzymać się od dalszych libacji, bo musiałem zgłosić artykuł.

- Papryka czerwona, ostra, pobudza apetyt, pobudza wydzielanie soku żołądkowego i poprawia trawienie. Zewnętrznie stosowany jako środek odwracający uwagę przy bólach reumatycznych, nerwobólowych, mięśniowych, w postaci nalewki alkoholowej. Możesz kupić u mnie gotowy eliksir! - bimber reklamował swój produkt.

Narzędzie naprawdę rozprasza, wszyscy zapomnieli o nieprzyjemnym incydencie. Glukharev i Sinitsyn spalili nieporozumienia w goryczy eliksiru.

Po przerwie na bimber ogłoszono raport Prochora Witalijewicza Iljiczowa. O tym arcydziele opowiem w następnym rozdziale.

Rozdział 5. Światowa konspiracja

- Drodzy koledzy i ludzie o podobnych poglądach, zebrałem was tutaj, aby ujawnić wam straszny sekret! Ta prawda ukazała mi się po wielu latach żmudnej pracy nad badaniem dzieł starożytnych naukowców, po pracach badawczych, jest wynikiem udoskonalenia mojego umysłu, który odczytywał kody kosmosu - ozdobnie rozpoczął swoją mowę Prochor Witalijewicz. - Jeśli połączysz ze sobą wypowiedzi mędrców, to wśród nich szeroko rozpowszechniona jest idea ośmiu następujących typów istot duchowych:

1. Devy - są aniołami. Posiadają obszar na północy i są kojarzeni wyłącznie z Indianami. Mówi się, że Zaratusztra wyrażał swoją wrogość wobec buddystów, nazywając złe duchy ich najbardziej czczonym rodzajem istot, czyli deevy. I to słowo pozostało w języku perskim z religii magów.

2. Daitya-danavas to złe duchy zamieszkujące południowe regiony. Są wśród nich wszyscy, którzy sprzeciwiają się wierze Indii i są wrogo nastawieni do krów. Pomimo bliskiego związku między nimi a aniołami - devy, zdaniem Indian, nie przerywają one wzajemnych walk i nie ustępują między sobą wojen.

3. Gandharvas - wykonawcy melodii i pieśni przed aniołami, ich konkubiny nazywane są apsarami.

4. Yakshas - strażnicy skarbów aniołów.

5. Rakszasy - złe duchy o brzydkim wyglądzie.

6. Kinnars - stworzenia z ludzkimi ciałami i końskimi głowami, w przeciwieństwie do centaurów Greków, które mają dolną część ciała, jak koń i górną część ciała, jak człowiek.

7. Nagi - stworzenia w postaci węży.

8. Widjadharowie - złymi czarownikami, ich czary nie działają nieprzerwanie.

Cechy tych istot są zróżnicowane, ponieważ osiągnęły te etapy poprzez uczynki, a czyny są różne w zależności od wpływu trzech głównych sił. Ich życie trwa długo, ponieważ są całkowicie pozbawione ciał, uwolnione od uciążliwej pracy i mogą robić to, czego człowiek nie jest w stanie zrobić. Dlatego ludzie służą im, aby zaspokoić ich pragnienia i zbliżyć się do nich w celu zaspokojenia ich potrzeb..

Można powiedzieć: istoty duchowe wymienione powyżej osiągnęły swoje stopnie poprzez czyny w okresie, gdy były istotami ludzkimi.

Byłem szczególnie zainteresowany Nagi. W mitologii indyjskiej są to istoty nadprzyrodzone, ludzie-węże, mieszkańcy wewnętrznego królestwa, w sumie znanych jest siedem niebiańskich krajów. Według mędrców, ten świat faktycznie nazywano „Patala” lub „Nagaloka” - „Światem Nag”. Mieszkają tam nagy: Kaliya, Ashvatara i Takshaka, Nanda i Visala, Karmara, Swastyika i Jaya, Vasuki.

Interesuje nas Siódmy Kraj - Rasatala lub Suvarna, czyli Złota Kraina, wzdłuż brzegów Morza Białego. Jej mieszkańcy: król Bali - król Daityas (tytanów), który zawładnął trzema światami oraz od Daityas - Muchukunda. Na tej krainie mieszka również wiele domów należących do Rakszasów, Wisznu i Szesza, pana Nag.

W Wisznupuranie, gdy stawia podobne pytania, jest napisane: „Pod siódmym, ziemią, znajduje się hipostaza

Wisznu, wynikająca z jakości tamas, zwanej nagą Szeszą, którą czczą istoty duchowe. Nazywa się również Ananta (nieskończona). Ma tysiąc głów, a tysiące diamentów na ich wierzchołkach oświetlają wszystkie obszary. Shesha trzyma cały świat jak diadem na głowie, nie czując żadnego niepokoju z powodu ich ciężaru. Ziemie te leżą jedna na drugiej warstwami; na nich jest wszystko, co dobre i dobre; są ozdobione drogocennymi kamieniami i oświetlane przez ich promienie, a nie przez słońce i księżyc, które tam nie wschodzą. Dlatego klimat jest umiarkowany, chabry i kwiaty na drzewach zawsze kwitną, zawsze są owoce. Ich mieszkańcy nie zauważają czasu, ponieważ nie wiedzą, jak go policzyć. Odwiedził ich Rishi Narada. Uważał, że błogość raju jest nieznaczna w porównaniu z ich szczęściem i wracając do aniołów, opowiedział im o tym, zaskakując ich opisem tych ziem."

Dowiedziałem się, że w miejscu Hara mieszka Wielka Nag Shesha. Sanskryckie słowo „haros" lub „hara" oznacza „ogień", „płomień", „pełen energii" i jest używane w Indiach do dnia dzisiejszego jako synonim samego pojęcia „bóg". Wiele osób błędnie uważa, że nagi są wężami, ale tak nie jest. „Nag" oznacza „nagi, bez zasłony". Węże są pokryte łuskami i mogą zrzucić swoje okrycia.

Prawdziwe Nagi to robaki! Mówimy o uniwersalnych pasożytach, robakach. Żyją w podziemiach i wysysają energię Ziemi. Wielka Nag Shesha wypływa na powierzchnię w Siódmym Kraju, w miejscu zwanym

Hara. Jest wielbiony przez istoty duchowe i nazywany jest Nieskończonym. Nieskończoność jest symbolem naszego ruchu, co oznacza, że cieszy Shesha. Ludzie służą mu do zaspokojenia jego pragnień i szukają bliskości z nim, aby zaspokoić jego potrzeby.

Nagi decydują o losie ludzi! Kierują działaniami osoby, a on nawet o tym nie wie. „Jak zdobyli tę moc?" - ty pytasz. Bardzo prosty! Zasiedlili nas cząstkami samych siebie.

Wszystkie stworzenia na ziemi, w tym ludzie, zamieszkują robaki. Starożytni Hiperborejczycy żyli w harmonii z naturą i światem zewnętrznym. Wielki Nag dał im Nanonagi, które wyleczyły ich ciała z chorób i pozwoliły im żyć wiecznie. Umarli dopiero wtedy, gdy stracili zainteresowanie życiem. Ale ludzie nie docenili wielkiego daru nag i chcieli się uniezależnić. Opuścili miejsce władzy i wytępili z siebie pożyteczne pasożyty. W tym celu ludzkość otrzymała chorobę i straciła dar życia wiecznego i wiecznej młodości!

Nauka dowiodła, że robaki mają immunologiczny związek z organizmem żywiciela, wpływają na niego, podczas gdy same nie mogą żyć ani rozwijać się z innym układem odpornościowym. Naukowcy dokonali wielkiego odkrycia, którego nie docenił nikt oprócz mnie.

Obecność robaków w organizmie jest niezbędna do prawidłowego rozwoju układu odpornościowego, co tłumaczy się rozwojem symbiozy z tymi organizmami w procesie rozwoju człowieka jako gatunku. Efektem ubocznym odrobaczania był gwałtowny wzrost częstości występowania alergii we wszystkich jej przejawach. Tracąc kontakt z Nagami, pozbawiamy się zdrowia, wiecznej młodości i życia. Zwalczając robaki, ludzkość rozwinęła zespół nabytego ludzkiego niedoboru odporności. Odporność słabnie i znika!

Przy tej okazji przypomniałem sobie anegdotę:

„Greta Thunberg zaproponowała zakaz narkotyków na robaki, ponieważ biedni nie mają gdzie mieszkać …»

- A co ze szkodliwymi pasożytami? - zapytał ktoś z publiczności.

- Zgadzam się, są też szkodliwe. Pojawiły się, ponieważ Nagi zostały obrażone przez osobę, która odmówiła im służby, a zamieszkałe przez robaki, które nas pożerają, wysysają naszą krew. Teraz nas kontrolują. To kara za to, że straciliśmy kontakt z naturą i nie spełniamy rozsądnych żądań Wielkiej Naga Szesz. Święte miejsce nigdy nie jest puste. Chcesz Nanonags? Zdobądź owsiki, ascaris i inne pasożyty.

Weźmy na przykład chorobę, taką jak toksoplazmoza. Jest to spowodowane przez małe pasożyty Toxoplasma, które rozmnażają się u kotów. Pomagają przetrwać rodzinie kotów. Koty zarażają ludzi pasożytami i zmuszają ich do służenia sobie. Człowiek uzależnia się od swoich futrzastych pupili, całą swoją siłę przeznacza na zaspokojenie potrzeb czworonogów. Wydają pieniądze na jedzenie, zabawki, produkty do pielęgnacji, potem zaczynają zbierać bezpańskie zwierzęta i zamieniają swój dom w śmierdzący żłobek, utrudniając sąsiadom normalne życie. Chorzy nie mają własnego życia osobistego, pasożyty nie mogą sobie na to pozwolić.

Jeśli toksoplazma dostanie się do ciała kobiety w ciąży, kończy się to niekorzystnie dla płodu: poronieniem lub narodzinami niezdolnego do życia potwora. Charakter zakażonej osoby zmienia się, kobiety zaczynają uprawiać rozwiązły seks, zarażając partnerów. Zarażeni mężczyźni tworzą partnerów spośród własnego gatunku, różnice między płciami są tracone. 88% mieszkańcy Francji chorują na toksoplazmozę. Czy nie dlatego jest tak wiele rozwiązłych kobiet i niekonwencjonalnych mężczyzn?

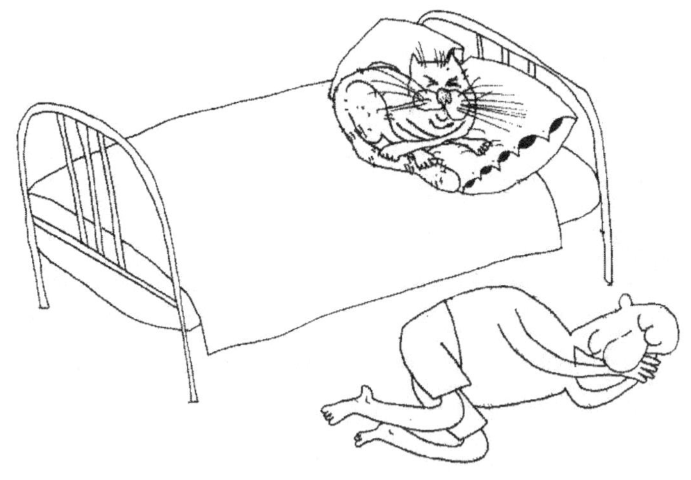

Robaki nie pozwalają im na normalne życie i rozmnażanie własnego gatunku. Sprawiają, że zaspokajają potrzeby kotów i degenerują się jako gatunek. Cywilizacja starożytnego Egiptu padła ofiarą tych podstępnych pasożytów. Ubóstwianie kotów nie prowadziło do niczego dobrego.

Tutaj, moim zdaniem, następująca anegdota jest bardziej lokalna:

Zgodnie z helmintologiem:

- Mogę zapytać, jak traktujesz robaki?
- Nie jesteś z Towarzystwa Ochrony Zwierząt?
- Nie.
- Wtedy wyznaję, że ich nie traktuję, tylko prześladuję!

- Co powinniśmy teraz zrobić? - zapytał jeden ze słuchaczy.

-Musimy pokłonić się Wielkiej Shesha i poprosić o przebaczenie - odpowiedział mówca. - Mieliśmy dwa zadania:

1. Gdzie mogę znaleźć Shesh?
2. Jak zdobyć Nanonags of Immortality?

Znalazłem odpowiedź na drugie pytanie. Wszyscy słyszeliście o żywej i martwej wodzie, o eliksirach nieśmiertelności. Ta specjalna woda zawiera Nanonagi, które mogą naprawić nasze uszkodzone struktury DNA i dać impuls do leczenia i odmładzania. Znajdując to źródło, zyskamy życie wieczne i nieograniczone możliwości.

Na pierwsze pytanie musimy wspólnie odpowiedzieć, ważne jest, aby określić miejsce, w którym Shesha wypływa na powierzchnię i na wiosnę obdarza nas Nanonagami. Jakie masz zastrzeżenia i sugestie??

Do mówcy zwrócił się Rishikushaka - „Mędrzec magicznej trawy", turzyca, jeśli nie zapomnieliście:

- Och, mądry Prochorze, twoje przemówienia są wypełnione światłem prawdy. Ale czy na pewno musisz szukać źródła wody? Matsya Purana opisuje również siedem gór, siedem rzek i siedem krajów Kusha-dvipa. Wśród gór wymieniana jest Drona, gdzie rosną zioła lecznicze, w tym visalyakarani - „leczące rany od strzał" i mritasanjivani - „ożywiające zmarłych" oraz Mahisha, zwana inaczej Hari, „jak chmura". Może musimy znaleźć magiczne zioło, które zawiera te błogosławione Nanonagis?

- Drogi Rishikushaka, moim zdaniem tylko woda z uzdrawiającego źródła tryskająca z podziemnego świata Nagas może zatrzymać Nanonagi w sobie. Nie bez powodu mówią, że człowiek w 80% składa się z wody. To jest podstawowa substancja, w której powstało życie. Trawę można oczywiście nasycić leczniczą wodą, ale tylko wtedy, gdy rośnie w pobliżu magicznego źródła.

- Dodam: - wstał mężczyzna w solidnym garniturze, - jeśli ktoś nie wie, nazywam się Anatolij Efimowicz Lyubimy, jestem uzdrowicielem ludowym, członkiem Międzynarodowego Stowarzyszenia Uzdrowicieli. Eksperci wysoko cenią i często używają czystej wody pitnej w leczeniu i profilaktyce chorób. Normalizuje procesy oksydacyjno-redukcyjne, aktywnie uczestniczy w tworzeniu prawidłowego bilansu wodno-solnego, działa jako skuteczny środek przeciwgorączkowy, jest potrzebny do postu terapeutycznego, pozwala zredukować zwiększoną kwasowość żołądka, oczyszcza organizm z toksyn, korzystnie wpływa na stan mięśnia sercowego. Woda o odpowiednim składzie może spowolnić nawet tak nieodwracalny proces jak starzenie. Osoby, które nie piją wystarczającej ilości płynów lub piją złej jakości wodę, zwiększają ryzyko wystąpienia poważnych chorób układu pokarmowego. Istnieje realne zagrożenie złośliwymi nowotworami. Obecnie istnieje wiele metod skutecznego uzdatniania wody. Znajduje zastosowanie w walce z różnymi dolegliwościami. Dla uzdrowicieli bardzo ważne jest, aby znaleźć prawdziwie leczniczą wodę. Będę śledził twoje badania ze szczególną uwagą, Prochorze Witalijewiczu.

   - Dziękuję Anatolijowi Efimowiczowi za dodanie. Ktoś inny chce mówić?
   - Być może twoja teoria jest poprawna - przystąpiła do dyskusji Henrietta Ivanovna Petrova, - na przykład w starym spisku powiatu chołmogorskiego w prowincji Archangielsk „złoty kogut" z korony pacjenta usuwa wszystkie choroby, zarówno wrodzone, jak i wprowadzone. Ale on sam ich nie niszczy, ale zabiera ich do zaciekłego węża, który ich pożera i ma dość. „Zaciekły wąż" tego spisku jest umieszczony w świętej przestrzeni. Spisek brzmi następująco: „Na Morzu

Oceanu, na wyspie Buyan ... leży złoty kamień, na tym kamieniu leży czarne runo, na tej runie leży drugi wąż Garafen". „Zaciekły wąż" jest często kojarzony z „czerwoną dziewicą". Mówi się więc, że „... dziewica, siostra węża" lub: „W błękitnym morzu Oceanu jest biały kamień, z którego pochodzi czerwona dziewica" Wąż Garafen pochodzi od Przodka Nag. Miała zdolność przemiany w nadprzyrodzone piękno i odwrotnie, z pięknej kobiety w węża. To jeden z najczęściej występujących tematów w rosyjskich baśniach ludowych. Przyznaję, że Garafena nie była wężem, ale Nagą, czyli robakiem wyposażonym w superinteligencję. Potrafiła leczyć, usuwać choroby, była czczona i zwracała się do niej o pomoc.

- Dziękuję, Henrietto Iwanowna, za ciekawe fakty, które nie obalają mojej koncepcji. Śpieszę poinformować Was, kolegów, że moja teoria zyskała uznanie w pewnych kręgach, - Prokhor zrobił znaczącą pauzę, - przyznano mi fundusze na mój projekt badawczy, którego celem jest znalezienie świętego źródła wody zawierającego Nanonagov. Proszę wszystkich o wzięcie udziału w poszukiwaniach, tego, który znalazł obiecaną nagrodę - potem zawahał się przez kilka sekund - 10000 dolarów i wieczne uznanie i sławę!

Zastanawiam się, ile pieniędzy Ilyichev faktycznie stracił na swój projekt? Mówią, że liczenie cudzych pieniędzy nie jest dobre. Czy to normalne, że gra się w upale rękami innej osoby? Ale jest za wcześnie, aby dzielić się skórą nie zabitego niedźwiedzia.

- Jeśli zgadzasz się na udział w badaniu, to proszę o podpisanie odpowiednich dokumentów z moją sekretarką - zakończył Prokhor.

Wszyscy zaczęli się rozpraszać, a ja wymknąłem się z publiczności, aby wrócić do domu, aby napisać artykuł..

Rozdział 6. Shivaling rosyjskiej północy

Nie odszedłem daleko, Wiktorię spotkałem na korytarzu. Chwyciła mnie za rękę i zaczęła dzielić się wiadomościami:

- Zhanna, nie możesz sobie nawet wyobrazić, czego się dowiedziałem!

- Sekrety Tantry?

- Badaliśmy historię fallicznych symbol - zaczął Vika. - Dokładnie wszystko zanotowałem, dzielę się moimi zmianami do twojego artykułu!

- Dziękuję kochanie za troskę!

- To nie jest warte wdzięczności, prawdziwa wiedza powinna być dostępna dla każdego. Przynieście ludziom ich światło!

- Na pewno! - Obiecałem.

- Na północy Rosji zaczęli pływać w święto Midsommar, w regionie Archangielska „dziewczęta pływały nago". W tym dniu „żywy ogień" wytwarzano przez pocieranie o siebie dwóch kłód lub, tak jak w powiecie Nikolskim w prowincji Wołogda, starzy ludzie otrzymywali go za pomocą brzozowej chagi, która została włożona w krawędź patyka, którego obrót wytwarzał ogień. W związku z metodą uzyskiwania „żywego ognia", przyjętą w powiecie nikolskim, można przypomnieć, że w tradycji indyjskiej Rudra-Shiva, „wcielony w ogniu", jest twórcą życia - i w tym charakterze nie pojawia się w postaci człowieka, lecz w postaci fallusa. zwany „shivalingam"... Shivalingam jest zwykle przedstawiany w połączeniu z „yoni" - pierścieniem u podstawy, symbolizującym kobiecą zasadę - shakti, stymulującym przebudzenie twórczej męskości. W rzeczywistości nazwa „Shivalingam" odnosi się właśnie do tego połączenia, które oddaje rozległy obszar filozofii hinduskiej, traktującej o powstawaniu materii, świecie, życiu na ziemi i przejawianiu się twórczej energii. W metodzie uzyskiwania „żywego ognia", którą stosowali starzy ludzie w powiecie Nikolskim w prowincji Wołogda, widzimy ten sam „shivalingam" - drewniany pręt i „joni" - brzozową chaga, jak w wersji indyjskiej. Nasze kultury mają tak wiele wspólnego!

- Bardzo dziękuję za napisanie tego. Z pewnością będę zaangażowany w zrozumienie tych cennych informacji - zapewniłem. Może wyrzucę kolejny artykuł. Zarobię pieniądze ...

Pożegnawszy się z przyjacielem, pobiegłem tworzyć.

Arcydzieło o Nanonagach i wielkim spisku robaków zrobiło furorę w moim wydawnictwie. Temat zainteresował wszystkich tak bardzo, że zostałem dosłownie zmuszony zgodzić się na propozycję wszechobecnego Prochora Witalijewicza, aby udać się z nim na wyprawę przez rosyjską północ..

Moje zdziwienie było jeszcze większe, gdy dowiedziałem się, że pojedziemy w towarzystwie Somoved i Victorii. Wyprawa została zaplanowana na jutro, Prokhor postanowił wyprzedzić wszystkich uczestników wyścigu według świętych źródeł. Cały dzień spędziliśmy na szkoleniach i negocjacjach z Victorią.

- Vika, czy zostawisz Zhenyę w spokoju?

- Wyjechał w podróż służbową do Indii na miesiąc.

- Gdzie? - Chyba się przesłyszałem.

- Do Indii.

- Na shivalingam? - wyskoczyły ze mnie.

- Nie. Ma kontrakt na budowę domów drewnianych.

- A drzewa nie można było znaleźć bliżej?

- Czym jesteś? W Indiach jest wiele owadów, które natychmiast zjadają znajome drewno, a nasze jest dla nich egzotyczne, więc zamożni Indianie zamawiają domy na północy Rosji.

- Oto jak! Dlaczego zgodziłeś się na tę podróż? Zmusili mnie do tego redaktorzy.

- Somoved jest tak zabawny, że próbował przekonać mnie, żebym dotrzymał ci towarzystwa - zachichotała Vikulya. - Moja wiedza może być bardzo przydatna w badaniu składu chemicznego źródeł wody na północy Rosji. Temat jest naprawdę bardzo ciekawy, wybrałem za to wyjazd służbowy. Zbiorę próbki i opiszę źródła. To wyciągnie stopień doktora! - Victoria Vladimirovna była szczęśliwa.

- Zgadzam się, temat jest ciekawy i dużo wygodniej mi będzie na wycieczce z Tobą. A czym będziemy jeździć?

- Dowiedziałem się wszystkiego! Samochodem Somoved. Ma fajnego SUV-a! Cały sprzęt będzie pasował.

- A dlaczego bimber jest?

- Powiedział, że szuka uzdrawiającej bazy dla swoich boskich trunków. Ale myślę, że się we mnie podkochuję! - powiedział Vika z pewnością siebie.

- A jak ma zamiar rozcieńczyć alkohol wodą żywymi Nanonagami?

- Rzeczywiście, jak? - pomyślała Vikulya.

Przypomniałem sobie żart: na lekcji. Nauczyciel:

- Spójrzcie, dzieci, kiedy umieszczam robaki w zwykłej wodzie, żyją. A kiedy są w alkoholu - umierają. Jaki wniosek możemy wyciągnąć z tego eksperymentu?

Dzieci:

- Alkohol jest szkodliwy.

Mały Johnny:

- Pij wódkę. Alkohol uwolni cię od robaków!

Podzieliłem się żartem. I przypomniałem sobie historię z moich doświadczeń studenckich:

- Podczas prac laboratoryjnych pokazano nam fragment tkanki mięśniowej, między włóknami których robaki błyszczały na biało. Nauczyciel powiedział, że próbkę pobrano od starszej kobiety, która zmarła na helmintozę. Tak było, we wsi zabili świnię na wakacje i wszyscy jedli mięso, popijając je obficie alkoholem. Nikt nie wiedziałby, że mięso świni było zarażone robakami, gdyby nie śmierć jego babci, która w zasadzie nie piła alkoholu. Okazało się, że reszcie uratował życie.

- Życiodajna moc Somy, jak mówi Somoved! - cytowany przez Victorię.

- Nie inaczej! ... Wygląda na to, że Prokhor wie, jak zaoszczędzić na wszystkim. Maszyna kosztem Somoved, badania kosztem twojego laboratorium, opowiem o jego wyczynach w prasie, jeśli wyniki będą… - rozumowałem.

- Kogo to obchodzi! Nie zapłacimy za tę podróż z własnej kieszeni - zaświergotała jej przyjaciółka frywolnie.

- I to prawda, ostatnie dni lata chcę spędzić na łonie natury! - Zgodziłem się.

Rano przyjechała po mnie cała uczciwa firma. Guru Somy wrzucił moją walizkę do bagażnika i ruszyliśmy na spotkanie Nanonagami.

Prokhor mówił o planach innych łowców magicznej wody:

- Svyatoslav Vitalievich Glukharev wraz ze swoim zespołem postanowił udać się na Wyspy Kuzowskie na Morzu Białym. Nieustannie się tam gromadzą, odprawiają boskie rytuały, żonglują pochodniami. Celem tego widowiska jest wzbogacenie wewnętrznego świata uczestników i współpracowników Światosława i jego samego. Nie wspinał się na tym źle. Mam nadzieję, że mój pomysł przyprawi jego szarlatanerię.

- A jego konkurent - Grigorij Walentinowicz Sinitsyn - będzie szukał Nanonagowa? - Zapytałam.

- Oczywiście! Udał się na Półwysep Kolski, planując otworzenie bardzo głębokiej studni, wywierconej do środka ziemi. Pisały o tym wszystkie gazety w latach 90-tych. Podobno ze studni wyleciał czarny ptak, a głosy dobiegały z głębi piekła.

- Niedawno spotkałem słynnego rosyjskiego dziennikarza, poetę i pisarza, który był świadkiem narodzin legendy o piekielnej studni - powiedziałem.

- Zhanna, to bardzo interesujące, czy możesz podać szczegóły? - zapytał Iljiczow.

- Pewnie. W redakcji gazety Wołogda Komsomolec odbyło się święto. Drodzy zebrani: Anatolij Ekhalov, znany pisarz i dziennikarz telewizyjny, Vladimir Shirikov, pisarz i dziennikarz-polarnik, Stanislav Khromov, poeta i dziennikarz, który opowiedział mi szczegóły tej historii. Wydaje mi się, że okazją do bankietu były urodziny Shirikova. Wszyscy oczywiście nie przyszli z pustymi rękami, ktoś z wódką, ktoś z nalewką, ktoś z brandy. Ludzie są kreatywni, upili się po same brwi. W międzyczasie gazeta przesyła numer do druku, ale coś tam poszło nie tak i na jednej ze stron powstała pusta przestrzeń. Towarzysze bez wahania wymyślili opowieść o tym, jak wiertnicy na Półwyspie Kolskim dotarli do środka globu, skąd wyleciał ptak podobny do diabła, przeklął ich i rozpadł się w pył w kontakcie ze świeżym powietrzem. Okrzyki piekielnych męczenników dobiegały z podziemia. Studnia została pilnie zamknięta, aby nie przeszkadzać mieszkańcom podziemia. Ta szalona historia, generowana przez opary alkoholu, dotarła do drukarni. Gazeta ukazała się następnego ranka. Dzień później członkowie partii przeczytali go i byli przerażeni tym, co zrobili. Trzeciego dnia okazało się, że rzeczywiście studnia była zamknięta. Artykuł został przedrukowany w innych publikacjach jako sensacja o mistycznym kolorze. Było to tylko w rękach wiertaczy, ponieważ na studnię wydano dużo pieniędzy, ale nie dotarli do celu. Ale wszystko jest logiczne, praca jest wykonana, ale wyższe siły są przeciwko inwazji wnętrzności ziemi. Od tego czasu wśród dziennikarzy Wołogdy słowo „doburit'sya" oznacza upić się i pisać zabójcze materiały - mówiłem.

- Talent, zawsze jest talentem - zauważyła Vika.

-To Soma otworzyła swoje czakry wglądu - powiedział Somoved.

- Nie będę się kłócić - zgodziłem się.

- Przebiegły Rishikushaka powiedział wszystkim, że wybiera się na poszukiwanie źródła Nag w Ałtaju. Wiem, że nigdy nie był w Ałtaju - zaskoczył nas Prokhor.

- A co z zielarzami-czarownikami, którzy nadali mu imię na cześć magicznego zioła? Zapytałam.

- Sam wymyślił swoje magiczne imię. W rzeczywistości nazywa się Wilen Nikołajewicz Smirnow. Wcześniej był sekretarzem komitetu miejskiego w Ustiudze. Najprawdopodobniej odbył podróż służbową i udał się tam, aby napić się i zebrać turzycę ze swoimi krewnymi Smirnowem.

- Gdzie idziemy? - Victoria włączyła się do rozmowy.

- Na płaskowyżu Putorana, w kolebce cywilizacji hiperborejskiej, ogłosiłem to wszystkim, - chwalił się swoją pomysłowością Iljiczow.

- W rzeczywistości? - zapytała Vika.

- Jedziemy przez Wołogdę i Velsk do ujścia Północnej Dźwiny, gdzie według legendy żył wąż z baśni „Czarodziejski Pierścień”.

- Ten sam wąż Agrafeny? - Zastanawiałem się.

- Ona, tylko ja przypisuję ją Nagom, a nie wężom, uważam ją za córkę Wielkiej Naga Shesha! - wyjaśnił Prokhor.

Mój telefon komórkowy zawibrował.

- Moja przyjaciółka Masza dzwoni z Wołogdy - pchnąłem Vikula w bok.

- Odpowiadaj, mimo wszystko idziemy w tym kierunku - radziła.

Połączenie nie było bardzo złe, rozmawiałem z Marią. Przyszedł mi do głowy genialny pomysł:

- Maria Vladimirovna jest historykiem, myślę, że sam los ją do nas posyła. Teraz mój przyjaciel odwiedza wioskę Sheksna. Przekażemy to. Może podrzucimy ją do Wołogdy, widzisz, dowiemy się czegoś ciekawego?

- To świetny pomysł! - wspierał mnie szef wyprawy.

Zadzwoniłem do Marusyi i uzgodniłem, gdzie ją odbierzemy. Ponieważ wstaliśmy dzisiaj bardzo wcześnie, zdecydowaliśmy się zdrzemnąć. Kiedy otworzyłem oczy, okazało się, że zbliżamy się do miasta Czerepowiec. Wielobarwne dymy i specyficzne aromaty potwierdziły moje przypuszczenia.

Po prostu ponownie zamknęła powieki, tym razem Sheksna. Somoved dostarczył nas pod adres wskazany przez Maszę. Podjechaliśmy do prywatnego domu, na dziedzińcu którego rosły wszelkiego rodzaju egzotyczne kwiaty. Na werandzie do stołu nakryła gościnna gospodyni, krewna Marii. Pośrodku był samowar otoczony uroczymi filiżankami.

- Co za piękno! - podziwiał okolicę Somoved.

- Galina Iwanowna i jej mąż stworzyli tropikalną oazę. Wyróżnia się wśród ogródków warzywnych sąsiadów. Staw z fontanną, altana, kamienne ścieżki, figurki ogrodowe - wszystko urządzone ze smakiem i miłością! - Masza wspierała jego entuzjazm.

Pikle uzupełniliśmy kawałkami kiełbasy i sera, a herbaciane przyjęcie zamieniło się w pełny posiłek. W naturze wszystko wydaje się pyszne! Padało trochę deszczu, było ciepło i świeżo jednocześnie.

- Jaki rodzaj trawy jest tak interesujący? - zapytałem gospodynię domu, badając półmetrową trawę, która wygląda jak mięta z dziwnymi postrzępionymi liśćmi i fioletowymi kwiatami.

- Taki zapach jest dziwny, przypominający jednocześnie anyż, lukrecję i koper włoski - powiedziała Victoria.

- To jest anyż Lofant, wieloletnie zioło. Jej liście są używane w kuchni jako przyprawa do przyprawiania sałatek, mięs, dań rybnych i napojów. Ponadto z liści robi się herbatę ziołową - wyjaśniła Galina Iwanowna.

- Mogę trochę odebrać? - Zapytałam.

- Zgrywaj ile chcesz - przyznała gospodyni. - W medycynie ludowej roślina stosowana jest w leczeniu przeziębień, w stanach zapalnych przewodu pokarmowego i układu moczowego. Jako środek zewnętrzny Lofant jest stosowany w leczeniu łysienia bliznowatego, grzybiczego zapalenia skóry i łojotoku. Napar z kopru wielowłóknowego, zwanego także tzw.

Koprem włoskim, wzmacnia włosy i stymuluje ich wzrost.

- Cóż za wspaniała roślina! - Podziwiałem.
- I pachnące! - dodał Vika. - Możesz z tego zrobić mojito.

Na tę uwagę fan Somy powiedział żart:
- Co się z tobą dzieje?
- mojito z Czelabińska.
- Czy Mojito jest rumem i miętą?
- Chelyabinskoe: wódka i koper!

Po odświeżeniu się i podziękowaniu właścicielom ruszyliśmy dalej. W międzyczasie Maria opowiedziała nam o źródłach leczniczych w Goritsy i we Władychnym.

Minęło trochę deszczu, a ziemia wydzielała parę w słońcu. Minęliśmy Churovskoye, a następnie Charomskoye i zwolniliśmy na górze, zdumieni tym, co zobaczyliśmy. Na niebie wyraźnie widać było sylwetki nieziemskiego miasta.

- To na pewno nie jest Czerepowiec ani Petersburg - powiedziała Victoria.

- Pod błękitnym niebem jest złote miasto ... - zaśpiewał Somoved.

- To znak! - zawołał Prokhor. - Idziemy w dobrym kierunku. Nagowie zdradzą nam swój sekret i dadzą nam eliksir nieśmiertelności! Otwiera takie horyzonty ... - zaczął i zamilkł.

- Kierunek może być właściwy, ale drogi są złe - narzekał guru Somy. - Dobrze, że mam pojazd terenowy.

- Goritsy to wieś w powiecie Kirillovsky w regionie Wołogdy, położona nad brzegiem rzeki Szeksna. Nazwa związana jest z bogactwem gór w okolicy wsi: Maura, Nikitskaya, Gorodok, Sandyreva, Stary cmentarz. Wieś Goritsy została po raz pierwszy wymieniona w źródłach pisanych w XVI wieku pod nazwą Maiden Mountain, według innych źródeł Starożytna Góra. W 1544 roku założono klasztor Resurrection Goritsky, do tego czasu we wsi istniały już kościoły Resurrection i Vvedenskaya, - Maria Vladimirovna nam powiedziała. - W 1963 roku, gdy zbiornik Sheksna został napełniony, poziom wody w Sheksnej podniósł się, a przybrzeżna część wioski została zalana. Wzgórza przybrzeżne zamieniły się w wyspy.

- Mówią, że królowe zostały zesłane do tego klasztoru? - zapytała Vika.

- Klasztor został założony przez księżniczkę Efrosinię Staricką, wdowę po księciu Appanage Andrieja Starickim, wuju cara Iwana IV Groźnego. Następnie, po donosie, księżniczka została przymusowo zmuszona do zostania zakonnicą pod imieniem Evdokia i zesłana do założonego przez nią klasztoru. Wraz z nią mieszkała pod imieniem Aleksander Juliania Dmitrievna, z domu księżniczka Paletskaya, żona księcia Jurija Wasiljewicza, brata Iwana Groźnego. W 1569 r. Zginęli, według jednej wersji utopili ich w

Szeksnej przez gwardzistów królewskich. Ich szczątki są czczone jako święte relikwie. W 1575 roku Iwan IV uwięził swoją czwartą żonę, Annę Kotłowską, w klasztorze im. Darii. W 91 roku, po zamordowaniu Carewicza Dmitrija, została tam zesłana jego matka Maria Naguya, występująca pod imieniem Marta. W 1606 roku Fałszywy Dmitrij wysłał do klasztoru Ksenię Godunową, córkę Borysa Godunowa, tonsurowaną pod imieniem Olga. Po hańbie Aleksandra Mienszykowa została tam zesłana Varvara Arsenyeva, zwana Varsonofia. Następnie, według plotek, nieudana żona Piotra II, Ekaterina Dolgorukaya, wylądowała w Goritsy. Klasztor od wieków był miejscem wygnania królowych i szlachetnych kobiet.

- A co wiadomo o świętym źródle? - Wróciłem myślami Maszy do celu podróży.

- Święte źródło w imię Tichwińskiej Ikony Najświętszej Bogurodzicy znajduje się w pobliżu klasztoru kobiet Goritsky. Jego historia jest interesująca. Aby zdobyć wodę z klasztoru, należało udać się nad rzekę Szeksną i wnieść ją w górę. Próbowali kopać studnie, ale nie mogli znaleźć wody. Pewnego razu pobożna starsza szła po polu i dzięki opatrzności Bożej stoczyła się z kamienia, a spod niego trysnęła obfita woda. Cud wydarzył się w dniu celebracji ikony Matki Bożej Tichwińskiej, pod przeoryszą Mauritiusa, która wyposażyła wodociąg i kamienną kaplicę obok kościoła Zmartwychwstania Pańskiego. Nad samą studnią zbudowano drewnianą kaplicę. Wiele osób przyjeżdża do klasztoru po smaczną i leczniczą wodę.

- A co leczy ta woda? - zapytał Prokhor.

- Znajoma powiedziała mi, że jej córka od urodzenia cierpiała na alergiczne zapalenie skóry. Próbowali wszystkich środków tradycyjnej medycyny, ale na próżno. W rezultacie za radą mojej babci pojechaliśmy do Goritsy, wzięliśmy tam wodę i wykąpaliśmy dziewczynę, od tego czasu problemy skórne zniknęły.

Po dotarciu do świętego źródła zebraliśmy magiczną wodę. Umyłem nawet jej twarz, nagle zamieniając się w zapisane piękno.

Dalej nasz kurs znajdował się we wsi Władychniewo.

- Źródło „Smoleńska" ikony Matki Bożej „Odigitria" jest jednym z najbardziej znanych i czczonych świętych źródeł w regionie Wołogdy. Znajduje się w lesie we wsi Yelenga, na granicy regionów Kirillovsky i Vologda, siedem kilometrów od wsi Vladychnevo. Wcześniej był tu cmentarz Mały Kirillov i Kirillovsky-Bolshelminsky. W pobliżu Vladyshnevo, jak wcześniej nazywano wioskę, płynie teraz rzeka Yelenga (rzeka Elena). Według legendy przekazywanej z ust do ust, kilka wieków temu mieszkańcy nieistniejącej już wioski Yelenga zobaczyli nieznaną im kobietę w czerwonych ubraniach. Nieznajomy szedł bez zatrzymywania się przez wioskę i usiadł na polu, aby odpocząć na dużym kamieniu, po czym udał się w głąb lasu, prawie nie dotykając ziemi, przez nieprzejezdne bagno.

Zaniepokojeni wieśniacy ruszyli za nią i zobaczyli ścieżkę na bagnach, która doprowadziła ich do ikony. Lokalna mieszkanka Elena podniosła ikonę Matki Bożej i wiosna trysnęła z ziemi. A na kamieniu wciąż widoczny jest ślad Najświętszego Theotokosa - powiedział nam Marusya. - Tak naprawdę w tym miejscu są trzy źródła, odwiedzimy je po kolei.

- A na jakie dolegliwości pomaga woda źródlana? - zapytała Victoria.

- W te miejsca rosyjscy carowie przywieźli swoje żony. Iwan Groźny uważał, że narodziny zawdzięczał wodzie z miejscowych źródeł, z której korzystała jego matka, Elena Glińska. Lokalna tradycja związana jest z Władyczną Słobodą, która trzy źródła w jej pobliżu nazywa świętymi i przypisuje im zdolność leczenia bezpłodności. Czytałem o tym w artykule Lyubima Vadimovicha Krajnyaka. Kilka lat temu przygotowywał się do publikacji materiałów o świętych źródłach rosyjskiej północy, miałem szczęście poznać go osobiście. Na własne oczy zobaczyłem zeszyt w niebieskiej okładce, w którym spisał wszystko, co ciekawe na ten temat, - Masza pokazała rękami rozmiar zeszytu.

- Lyubim Vadimovich opublikował swoje badania? - Ogarnęło mnie poszukiwanie.

- Na to wygląda.

- A może go poznać? - zasugerował Prokhor.

- Spróbujmy, znam adres - zgodził się znajomy.

Kierowca zjechał z drogi w kierunku źródła, zgodnie ze znakiem kierunkowym. Najpierw zobaczyliśmy drewnianą wannę, podobną do studni.

- To jest pierwsze źródło - wyjaśnił Marusya.

Zatrzymaliśmy się i napiliśmy się wody. Victoria podpisała i zapakowała tuby.

Przejdźmy dalej wzdłuż znaku. Nasza ścieżka wiodła przez wieś. Na spotkanie natknęli się mieszkańcy, biegały dzieciaki, nikt nie zwracał na nas uwagi.

- Czy zauważyłeś, że wszystkie lokalne wyraźne blondynki? - Vika była zaskoczona.

- Wydaje się, że ma niebieskie oczy - powiedziałem.

Nigdy nie widziałem tylu blondynów w jednym miejscu. Ich włosy były szczeciniaste i wyglądały jak wybielona słoma. Wieśniacy wyglądali niecodziennie. Może woda z miejscowych źródeł sprawiła, że tak się stało?

Polna droga zaprowadziła nas na pole z zaimprowizowanym parkingiem, na którym Somoved ustawił swój samochód. Tabliczka wskazywała, że jesteśmy na chronionym obszarze pomnika przyrody. Ścieżka prowadziła do basenu teremku, były stoły z wiadrami do nalewania. Czysta woda spływająca ze strumienia do zbiornika może być zbierana za pomocą kadzi. Vikulya ponownie napełniła tubki. Na terenie znajdowały się łaźnie wewnętrzne, oddzielnie dla mężczyzn i kobiet. Ponieważ było gorąco, mężczyźni zdecydowali się na kąpiel. Victoria również się rozebrała:
- Pójdę się zanurzyć!
- Myślę, że się powstrzymam. Może wypełnię ręce i nogi chochlą - powiedziała Masza.
Dołączyłem do niej:
- popieram!
Źródło otaczały wielowiekowe drzewa iglaste, które emanowały żywicznym zapachem. Świeże powietrze wypełniło płuca, dało się odczuć niezwykłą lekkość i radość.

- To jest takie piękne! Zawołałem.
- Lepota! - odpowiedział Mashulya.

Kąpiel rozweselała mężczyzn, zaczęli nawet wyglądać młodziej niż na swoje lata.

- Świetnie! - radował się guru Soma. - Gdzie jest Victoria?

- Rozpryskiwanie się w kobiecej kąpieli.

Przewrócił sennie oczami, nie inaczej, przedstawił nagą Vikę. Nimfa nie przyszła długo, wyszła prawie rozebrana. Ktoś, kto skupił się na locie, najwyraźniej przerósł oczekiwania.

Przypomniałem sobie anegdotę, którą niedawno przeczytałem w gazecie:

Głupiec przychodzi do mędrca:

- Dlaczego mówią, że dziewicę należy wziąć za żonę?

- Szałwia położyła przed sobą dwa cukierki, rozłożone i w pięknym opakowaniu.

- Który wybierzesz?

- Oczywiście rozmieszczone.

- Czemu ?!

Głupiec odpowiada:

- Cóż, tutaj od razu widać, że cukierki, a tam wszelkie śmieci można zapakować.

Mędrzec jest oburzony:

- Wynoś się stąd! Zepsułem taką przypowieść!

Kiedy część zespołu wyschła, ruszyliśmy ścieżką wzdłuż strumienia do jego źródła. Okolica była bardzo pagórkowata. Utrzymanie kierunku nie było trudne, ponieważ strumień miał czysty kanał. Pół godziny później nasz oddział ekspedycyjny wyszedł na polanę do tryskającego spod kamienia źródła.

- Zwróć uwagę na odcisk kobiecej stopy. Nazywają to „śladami królowej" lub „odciskami Matki Bożej" - powiedziała Maria. - W przypadku chorób powodujących bezpłodność zaleca się trzymanie się kamienia i myślenie psychiczne o płodności. Kąpiel w wodach trzech źródeł i dotknięcie odcisku kobiecej stopy z pewnością da kobiecie dziedzica.

- I jak? Czy ktoś pomógł? - zapytała Vikulya, nabierając wodę do probówki.

- Pewnie! Mam kilku znajomych, którzy zdaniem lekarzy nie mogli mieć dzieci, ale po kąpieli w wodach tych źródeł zaszli w ciążę. W przeciwnym razie, jako cud, nie możesz tego nazwać! - wykrzyknęła Masza.

- Zauważyłem, że pochodzenie tych źródeł jest podobno związane z niektórymi kobietami. Podobno dziewice dawały ludziom uzdrawiającą wodę, argumentował Prokhor.

- I naprawdę! Okazuje się, że święte źródła - dar dziewic - powiedział Somoved.

- Kobiecość potwierdzają nawet nazwy geograficzne - zgodziła się Maria. - Goritsy nazywano Dziewiczą Górą, jest tam klasztor, w którym więziono królowe i szlachcianki, pobożna starsza odkryła źródło. A tutaj drogę do źródła wskazała kobieta, która zostawiła ślad na kamieniu.

Zastanawiam się, jakie dziewczyny dały nam te źródła? Czy to może być prezent od samej Ziemi?

- Północ Rosji skrywa wiele tajemnic i tajemnic - szepnęła moja Mądrość.

Dotarliśmy do Wołogdy. Postanowiłem nie jechać do cioci Gali, zwłaszcza że odwiedzała swoją siostrę - ciocię Nadię - w Gryazowiec. Masza schroniła mnie i Victorię u siebie. Mężczyźni udali się do hotelu. Na jutro zaplanowaliśmy poszukiwania Lyubima Vadimovicha Kraynyaka i jego niebieskiego zeszytu.

Rozdział 8. Tajemnica niebieskiego notatnika

Rano wstałem bardzo wcześnie. Nikt mnie nie obudził, poza mną i dziewczynami, nikogo nie było w mieszkaniu. Mąż i dzieci Maszy udali się na spoczynek w Anapa. Położyłem się i znów usiłowałem zasnąć, ale na próżno. Wtedy usłyszała, jak ktoś idzie i wyszła z pokoju. Maria też się obudziła:

- Coś, żeby nie pić za dużo, Jeanne - narzekała.

- I ja.

- Prawdopodobnie wczoraj było zbyt wiele wrażeń.

„Próbowaliśmy różnych wód" - zasugerowałem.

- Włączmy czajnik - zasugerował Marusya.

- Świetny pomysł!

Może mocna herbata ożywi?

- A ty, Mashulya, zasadziłeś się na balkonie?

- Koper, pietruszka, groszek, bazylia - wymienił znajomy.

- Czy wiesz, że bazylia może złagodzić stres i niepokój, pomóc w bezsenności i zwiększyć energię życiową organizmu?

- Naprawdę? - właściciel balkonu ogródka był zaskoczony.

- Zioło to jest przydatne dla osób, które odczuwają ciągłe zmęczenie lub mają trudności ze zmianą pór roku. Lekarze zalecają żucie co najmniej 12 liści bazylii dziennie dla dobrego zdrowia. Dzięki antyseptycznemu działaniu tej rośliny chronimy organizm przed skutkami stresu. Zrobiona z niej herbata pomaga leczyć ból gardła i inne dolegliwości układu oddechowego. Bazylia jest dobra dla serca, ponieważ obniża wysoki poziom cholesterolu we krwi. Leczy nerki, leczy infekcje jamy ustnej, wzmacnia zęby i dziąsła, jest dobry dla oczu, ze względu na obecność witaminy A w swoim składzie - wymieniłam.

- Chodźcie dziewczyny, przeżuwajcie zioła - Victoria weszła do kuchni.

- Dlaczego nie? - Naprawdę chciałem się rozweselić. Oderwałem część liści i włożyłem je do ust. Dziewczyny poszły za moim przykładem. Śmialiśmy się.

- Więc jak? Czy ładunek radości zniknął? - Zapytałam.

- Teraz na herbatę? - uradowała się gospodyni.

Po śniadaniu zeszliśmy na dziedziniec, gdzie czekała na nas reszta wyprawy..

- Dziewczyny, jesteście świeże jak róże majowe - Somoved pochwalił.

- Gałązka bazylii i świeża buzia - zażartowałem. Powitaliśmy i podzieliliśmy się kulinarnym odkryciem, które ożywia.

- Pomóż sobie, Somiku, ciebie też zabrałem - Vika wręczyła kochankowi Somy kilka liści bazylii. Koneser Somy rozkwitł z nieoczekiwanej opieki nimfy swoich marzeń.

Udaliśmy się pod adres, pod którym według Marusji mieszkał Lyubim Vadimovich.

- Krajniak wcześniej pracował jako reżyser teatralny, a nocami pełnił funkcję dyrektora kasyna. Z wykształcenia jest reżyserem produkcji, ale fascynuje go historia, lokalna historia i mistycyzm - powiedziała nam Maria Vladimirovna.

Minąwszy historyczne centrum, skręciliśmy na nabrzeże rzeki Wołogdy. Pod adresem wskazanym przez Maszę stały zupełnie nowe rezydencje.

- Nic nie rozumiem - zdziwiła się Maria. - Był duży drewniany dom z trzema mieszkaniami, a teraz są zupełnie nowe domy.

- Czy mogę zapytać jednego z weteranów? - zasugerował Prokhor.

- W tym domu mieszkał Rebrov Igor Andreevich - dobry przyjaciel mojego męża - Mashulya wskazał na schludny drewniany dom, ukryty w cieniu drzew i nowych budynków.

- Chodźmy w? - zapytała Vika.

- Zaryzykujmy - zgodzili się pozostali.

Brama była otwarta, weszliśmy na dziedziniec. Były krzewy czerwonych i żółtych malin, porzeczki wszystkich odcieni, była szklarnia. Wydawało się, że dom i działka są pod opieką.

Właściciel wyszedł na werandę, najwyraźniej zauważył nas przez okno:

- Mary, witaj! Jakie są losy?

- Dzień dobry, Igor Andreevich! Ja i moi koledzy szukamy Lyubima Vadimovicha Krajnyaka.

- Nie słyszałeś, że zmarł kilka lat temu?

- Nie. Co za nieszczęście! Jak to się stało?

- Dlaczego stoimy z tobą? W nogach nie ma prawdy. Wejdźmy do domu - zasugerował Rebrov.

Masza przedstawiła nas wszystkich właścicielowi domu, weszliśmy do przestronnego salonu z kuchnią i usiedliśmy przy okrągłym stole.

- Ostatni raz spotkaliśmy Lyubima latem, dwa lata temu. Poszedłem zobaczyć go jak sąsiada. Rozmawialiśmy, było gorąco, wypiliśmy filiżankę kompotu morelowego.

- Czy morele były z nasionami? - Zapytałam.

- Tak, nalał kompotu z trzylitrowej puszki.

- Słodkie?

- Wcale nie, wręcz przeciwnie, miał lekko gorzki, odświeżony smak. Ogólnie o niczym nie rozmawialiśmy. Wieczorem źle się poczułam, czułam osłabienie całego ciała, zawroty głowy, mdłości.

Zadzwoniłem po karetkę, która zabrała mnie do szpitala miejskiego.

- Jaki był powód złego samopoczucia? - zapytałem zaciekawiony. Mężczyzna, zaszczycony skupieniem uwagi na swojej osobie, kontynuował:

- Lekarze wzruszyli ramionami. Mam silną duszność. Zgrzeszył z powodu problemów z sercem. Analizy wykazały nadmierną ilość białka, więc wykonano procedurę oczyszczania krwi. Poszedłem na naprawę, jaka jest przyczyna choroby, nadal nie wiem.

- Co się stało z Lyubimem Wadimowiczem? - zapytał Prokhor.

- Okazało się, że on też trafił do szpitala, ale nie w mieście, ale w województwie dzięki swoim koneksjom. W dniu naszego ostatniego spotkania miał głębokie omdlenie, więc przyszedł sąsiad, jego była pierwsza żona. Zabrała go do szpitala i zorganizowała dla niego. Pomimo wysiłków lekarzy Lyubim zmarł trzeciego dnia. On, podobnie jak ja, przeszedł hemodializę, otrzymał terapię wspomagającą. Analizy były na ogół normalne, z wyjątkiem nadmiaru białka we krwi..

- Czy ten zbieg okoliczności nie wydaje ci się dziwny? - zapytała Victoria.

- Nie myślałem o tym ... Rzeczywiście, to dziwne - zamyślił się Igor Andriejewicz.

- Mówisz, że kompot był zrobiony z moreli? - Zapytałam.

- Tak. Tam, oprócz moreli, unosiły się też pestki moreli. Niezwykły smak.

- Czy wiesz, że pestki moreli były używane jako lekarstwo w starożytnych Chinach? Są w stanie podnieść odporność, poprawić zdrowie i wspierać naturalne piękno. W starożytnych Chinach ten produkt był spożywany tylko przez cesarzy. Morele uważano za danie dla wyższych sfer. Produkt jest wyjątkowy pod względem składu i użytecznych właściwości. Zawiera: potas, magnez, fosfor, sód, wapń, żelazo, kwas nikotynowy, witaminy A, B, C, F. Nasiona zawierają do 60% olejów, są bardzo kaloryczne. Pestki moreli pomagają obniżyć ciśnienie krwi, chronią przed przeziębieniami, normalizują pracę układu pokarmowego, wzmacniają układ odpornościowy i sercowo-naczyniowy, zwiększają płodność u mężczyzn. Komórki rakowe giną pod wpływem substancji zawartych w pestkach moreli.

- Okazuje się, że morele są bardzo przydatne? - Somoved był zaskoczony.

- Przydatne tylko z umiarem. Należy pamiętać, że stare kości mogą być szkodliwe, ponieważ z czasem wzrasta poziom cyjanku. Produkt zawiera trującą substancję - amigdalinę, podczas hydrolizy której powoli uwalnia się kwas cyjanowodorowy i cyjanki. Amigdalina jest skoncentrowana w spiczastej części pestki moreli. W przypadku spożycia dużej liczby pestek moreli dochodzi do zatrucia, które następuje po 1 - 5 godzinach. Główne objawy to: zawroty głowy, wymioty, osłabienie, uczucie ciężkości w żołądku, uczucie paniki, trudności w oddychaniu, omdlenia, drgawki. Okazuje się, że komórki ciała przestają oddychać.

- Dlaczego lekarze nie zdiagnozowali zatrucia cyjankiem? - Iljiczow zadał rozsądne pytanie.

- Ponieważ cyjanek jest metabolizowany, jeśli ktoś umiera po rozpadzie cyjanku na składniki, prawie niemożliwe jest udowodnienie zatrucia - wyjaśniłem.

- Jasny! Wykrzyknęła Victoria. - A wzrost poziomu całkowitego białka we krwi wskazuje na zatrucie organizmu, możliwą reakcję alergiczną, zniszczenie czerwonych krwinek i niewydolność oddechową.

- Dokładnie! To konsekwencja zatrucia! - Potwierdzam. - Mówisz, że kompot był pikantny?

- Lekko gorzki.

- Glukoza może częściowo zneutralizować działanie cyjanków - powiedział autorytatywnie Vika.

- Kto zrobił ten interesujący kompot? - Zapytałam.

- Druga żona Lyubima - Adeline - odpowiedział Rebrov.

- Kto skorzysta na śmierci Krajnyaka? Guru Somy zaintrygował go.

- Cały majątek trafił do Adeline. Sześć miesięcy później, po wejściu w dziedziczenie, sprzedała swój udział w domu i namówiła sąsiadów do sprzedaży. Teraz na tej stronie zbudowano elitarne rezydencje.

- Widzieliśmy - dodała Masza.

- Czy mogła otruć męża? - argumentowała Victoria. - Jaką to była osoba?

- Myślę, że mogła - wydał werdykt Igor Andreevich.
- Żona była niewierna Lyubimowi, wszyscy o tym wiedzieli, oprócz niego.

- Tak. Mąż wie zawsze ostatni - powiedziała Vikulya.

Wokół niej obrócił się podejrzliwy młody człowiek. Jego nazwisko, jeśli się nie mylę, Gaponov Eduard, uchodziło za Kozaka.

W jaki sposób? Gaponov? - Maria i ja spojrzeliśmy na siebie. - Czy to nie syn Ljubowa Iwanowna Gaponowej, miłośnika opieki nad nagle umierającymi kobietami, które przekazały jej nieruchomości?

(O tej pani przeczytasz w mojej książce „Trucizna grzechu").

- Wygląda na to, że jego matka miała na imię Ktokolwiek - zgodził się właściciel domu. - Adeline lubiła nietradycyjne metody leczenia, uczyła technik medytacji naiwne panie, które marzą o utracie wagi i poprawie zdrowia. Młody człowiek był jej asystentem i administratorem klubu „Ladozdravie".

- Typowi oszuści! - powiedział Prokhor.

Iliczew wie lepiej! W tej dziedzinie nie ma sobie równych, jego doświadczenie będzie bogatsze niż nasze.

- Okazuje się, że Adelinka i jej kochanek otruli Ljubima Wadimowicza i prawie mnie w tym samym czasie prawie zabili? - Rebrov był zdziwiony.

- Dobrze, że jesteś takim zdrowym i silnym fizycznie mężczyzną - pochlebiała mu Vika.

- To znaczy - zgodził się.

- Tak, i wypił mały cudowny kompot - dodała.

-Tylko kubek - potwierdził. - Mam szczęście! ... Dlaczego szukałeś Lyubima?

- Jesteśmy bardzo zainteresowani jego badaniami nad świętymi źródłami rosyjskiej północy. Zajmujemy się tym tematem kompleksowo, a Kraynyak był specjalistą od historii lokalnej - wyjaśnił Iljiczow.

- Może mogę ci pomóc. Lyubim zostawił notatnik ze swoimi notatkami na przechowanie, chciał podzielić się swoją pracą, ale nie wyszło - właściciel wyszedł z kuchni. Kilka minut później wrócił z niebieskim zeszytem w dłoniach, który podał Maszy:

- Znam cię, Mario, i ufam ci. Dlatego przekazuję zeszyt w Twoje ręce ku pamięci przyjaciela, uczę się i zapisuję.

- Obiecuję chronić i przechowywać, dokładnie przestudiujemy jego zawartość - obiecał Marusya.

- Chociaż człowiek nie żyje, jego praca musi żyć - powiedział w zamyśleniu Rebrov. - Och, czajnik gotował się od dawna. Teraz napijemy się herbaty.

Właścicielka ułożyła filiżanki i spodki, włożyła do misek dżem, środek stołu ozdobiono wiklinowym koszem z bajglami i piernikami.

- Co za pyszna woda! - wykrzyknęła Masza, próbując herbaty. - Skąd to masz?- Nie wierz w to, z wodociągu.

- Żartujesz? - dziewczyna była zaskoczona. - Z mojego kranu wypływa coś matowo-żółtawego, z przeważającym zapachem chloru, a wiosną płyn pachniał czymś w rodzaju zapachu kiszonki.

- Ja też o tym słyszałem.

- Po licznych skargach mieszczan, wojewoda i burmistrz pojawili się w raporcie, w którym wykazali zaufanie do wodociągów.

- A jak oni to zademonstrowali? - zapytała Vika.

- Podobno chodzili po wejściach i pili wodę, którą mieszkańcy Wołogdy pobierali z kranu w swoich mieszkaniach - powiedziała Masza.

- I ominęli wielu?

- Nie wiem. Nie jestem pewien, czy ryzykowali swoje zdrowie i rzeczywiście pili wodę z kranu - wątpił Mashulya.

Cytowany przez Soma Guru:

Jeśli w kranie nie ma wody -
Wodę pili Żydzy.
Jeśli w kranie jest woda -
Więc Żyd wylany moczu tama…

- Słyszałem od znajomych geodetów, że w Wołogdzie woda jest dostarczana do domów inaczej - komentował sytuację właściciel.

- Świadomość, że w niektórych rejonach miasta woda pitna pochodzi ze studni. Na przykład w dzielnicy Zavokzalny - zgodziła się Maria.

- Ale nie wszyscy wiedzą, że w pobliżu Wołogdy, w jej centralnej części, nadal działa dębowy wodociąg, przez który przepływa woda z niezidentyfikowanych źródeł. W niektórych domach jest stamtąd podawany. Chyba mam szczęście, że to moja sprawa.

- Dlaczego jeszcze nie został zdemontowany? - Ktoś się zainteresował.

- Kto tego potrzebuje? Działa i dobrze. Rozpoczynasz demontaż, możesz zostawić połowę miasta bez wody.

- Poza tym jest taki smaczny! - Podziwiałem. Herbata wydawała się bardzo miękka i przyjemna, chociaż użyliśmy torebek.

- To cud! Już wcześniej wiedzieliśmy, jak robić fajki wodne! - podziwiał guru Soma. - Taka woda tworzy doskonały bimber!

Zaczął żywo dyskutować z właścicielem o tajemnicach produkcji alkoholu. Najwyraźniej temat okazał się bliski obu.

Przypomniał mi się żart: „Przepis na chleb: mąka, woda, drożdże, cukier. Ale jeśli nie dodasz mąki, to produkt uzyskany miesiąc później zostanie przyjęty jeszcze chętniej! ”

Pożegnaliśmy się z gościnnym gospodarzem i poszliśmy zapoznać się z otrzymanymi materiałami.

Pismo odręczne było mało czytelne, zeszyt przechodził z rąk do rąk. Ostatecznie postanowili przedrukować wszystko, co dotyczy źródeł leczniczych. Dziewczyny i ja przejęliśmy tę pracę i poprosiliśmy o zabranie nas do domu Maszy. Mężczyźni planowali wycieczkę po mieście i relaks.

- Somik, tyle czasu za kierownicą, wypoczywaj tak, jak powinieneś - nimfa jego marzeń okazała zaniepokojenie.

- Jednego jakoś nie ma z ręką, - Somoved rzucił wędkę.

- Odpocznij z Prochorem - Victoria złamała nadzieje.

-Tylko nie dajcie się ponieść Soma - ostrzegłem ich.

- „Pierwsza pomoc przy zatruciach chemicznych - zatruciu chemicznym" - powiedział mój przyjaciel hydraulik Pietrowicz, upijając się każdego ranka - zapewnił nas ekspert Somy.

Rozdział 9. Klapa od pijaństwa

Mężczyźni odebrali nas rano. Ich wygląd był lekko wymięty. Najwyraźniej dzień wcześniej czcili boską Somę.

Spotkanie operacyjne odbyło się bezpośrednio w samochodzie. Postanowiliśmy trzymać się północy, jechać przez Sokoła do Charowska.

Wychodząc z miasta skręciliśmy do klasztoru Spaso-Prilutsky, gdyż jest tam według legendy studnia skamieniała przez mnicha Dmitrija Priłuckiego. Piękno tego miejsca nie pozostawiło nas obojętnymi, a woda ze studni uzupełniła kolekcję próbek Viki.

W rejonie Starego Lotniska po autostradzie biegł dziwny mężczyzna w marynarce, krótkowłosy z kręconą grzywą i brodą. W jednej ręce trzymał kij, aw drugiej martwego węża.

- Czy to szaman czy przedstawiciel jakiejś sekty? - zastanawiał się Iljiczow.

- Nie. To lokalny szalony Siergiej Munkin - wyjaśniła Maria. - Uważa się za Kozaka.

- A co ma z tym wspólnego wąż i kij? Czy to cechy Kozaków? - Nie zrozumiałem.

- Jego zdaniem kij jest batem. Spójrz, jak nią macha - ten mężczyzna z trudem przeciął powietrze. - Wąż jest jego zdobyczą. Teraz nienormalny zademonstruje to wszystkim, a potem upiecze to na stosie i zje.

- Czy to jakiś rytuał? - Zapytałam.

- Chłop uważa, że moc węża przejdzie na niego, przyczyni się to do rozwoju jego mądrości, zręczności i długowieczności.

- Wydaje się, że mądrość nie chce przejść - powiedziałem. - A często tu skacze?

- Regularnie. W rejonie Starego Lotniska przeznaczono działki pod budowę dla rodzin wielodzietnych, ale nie spieszy im się z budową.

- Czemu?

- Bo tu jest bagno, na którym roi się od węży, które z pierwszymi promieniami wiosennego słońca pełzają tu zewsząd. Sam Munkin raduje się z tego wydarzenia i wyrusza na polowanie na węża.

- A co robi Munkin w życiu? - zapytałem zaciekawiony.

- Prowadziłam z dziewczynami stragan i saunę. Ale sauna została wyciśnięta na początku 2000 roku, a stragan był w zeszłym roku. Nasz burmistrz objął wszystkie stragany pod swój patronat, które po prostu odebrano nieposłusznym i zburzono.

- Więc byłeś przedsiębiorcą? - Byłem zaskoczony.

- Moglbys to powiedziec.

- A teraz buduje glinianą sadzawkę dla węży.

- Okropne!

Dogoniliśmy miejscowego głupka, zauważając samochód, zaczął machać tyłkiem i wiercić się jak na patelni.

- Ten facet jest dość pijany - zauważył Somoved.

- Słyszałem, że tworzy mieszankę aptecznych nalewek i bomików z dodatkiem dichlorfosu - wyjaśniła Masza - aby otworzyć czakry i być bliżej pola informacyjnego wszechświata.

- Właśnie to go przygniata. Ile lat ma ten palant? Jeździ jak młody człowiek - zapytał nasz kierowca.

- Myślę, że czterdzieści pięć - odpowiedziała jej przyjaciółka.

- Sekret jego młodości jest prosty - dodałem.

- I co to jest? - zapytała Vikulya.

- Ma opóźnienie w rozwoju!

- Ja też tak myślę - zgodził się Marusya.

- Co dało badanie akt Krajnyaka? - prowadzący odesłał nas w miejsce docelowe wycieczki.

- Tylko część materiałów w zeszycie jest poświęcona źródłom rosyjskiej północy. Szczegółowo opisana została historia źródła we Władysławowie, które już odwiedziliśmy. Istnieją fragmentaryczne notatki o wodzie leczniczej w Kuvshinovo. Jest szpital psychiatryczny. Woda z tych miejsc od dawna słynie z uzdrawiania psychicznych dolegliwości - relacjonowałem wykonaną pracę.

- Myślę, że to nie jest nasz przypadek - powiedział Prokhor.

- W takim razie może pojedziemy do dzielnicy Sokolsky we wsi Biryakovo. Jest tam święte źródło, nieopisane w oficjalnych źródłach - zasugerowałem.

- Brak informacji? - podany organizator wyprawy.

- W tych miejscach są informacje tylko o świętej studni - wyjaśniła Masza.

- Co za dobrze?

- Znajduje się w ojczyźnie świętego wielebnego Wassjana z Tiksna, na szlaku Burtsevo, 5 kilometrów na północny wschód od wioski Biryakovo w powiecie Sokolskim w obwodzie Wołogdy - zaczęła mówić Maria.

- Uważa się, że wieś Burtsevo stała na starym szlaku Ustyuzhensky, wzdłuż którego podróżnicy konno podróżowali z Wołogdy do Veliky Ustyug. W XVI wieku, za panowania Iwana Groźnego, mieszkał tu wygodnie chłop Wasilij z rodziną, wykonując prace rolnicze i krawieckie. Przez długi czas pielęgnował decyzję o porzuceniu doczesnego życia, ale w końcu został mnichem, nazwanym imieniem tonsury Vassian. Osiedlił się w sąsiedniej gminie Tiksna, gdzie zasłynął cudami i trzydzieści lat po tonsurze oddał swoją duszę Bogu. Kiedy na Tiksnej zaczęły się dziać cuda, w Maly Burtsevo przypomnieli sobie studnię, którą chłop Wasilij wykopał własną ręką w pobliżu swojego domu. W 1868 r. Za namową żony kupca Kadnikovsky Chetverukhin zbudowano nad nim drewnianą kaplicę na kamiennym fundamencie. Po wybudowaniu kaplicy, jak mówili dawni starzy, Chetverukhina, która wcześniej była niedowidząca, zaczęła lepiej widzieć. Wzdłuż drogi, do której prowadziła brzozowa aleja, ustawiono kamienny krzyż i kubek na datki na dekorację kaplicy. W pobliżu kaplicy rosły jabłonie, porzeczki i kwiaty. Tego wszystkiego pilnował stróż. W połowie XX wieku kaplica została zniszczona, droga zarośnięta, studnia zatkana. W 1997 roku grupa uczniów ze szkoły Biryakovskaya pod kierunkiem nauczyciela geografii Timonina, podczas wyprawy na kemping, odkryła w lesie zgniłą kłodę studni, przykrytą okrągłym znakiem drogowym, resztki fundamentu kaplicy i rozciągnięty w trawie drut z przywiązanymi do niej czerwonymi szmatami. W 2001 roku chłopaki ulepszyli studnię, wycięli do niej ścieżkę, wykopali duże kamienie fundamentu kaplicy, wyczyścili studnię i postawili nową drewnianą ramę. Następnie zbudowano nad nim baldachim. Znalazłem te informacje w Internecie.

- A co napisał o tym Krajnyak Lyubim Vadimovich? - zapytał Iljiczow.

- Pisze, że to nonsens wymyślony przez pewnego Zaumkina - odpowiedziałem.

- W tych częściach świata faktycznie znajdowały się zniszczone obiekty religijne. Vassian Tiksnensky naprawdę istniał, ale nigdy nie był chłopem i nie miał z tą studnią nic wspólnego. Tylko przedsiębiorczy przyjaciel znalazł na swoich ziemiach ruiny i opuszczoną studnię, którą uszlachetnił i wymyślił legendę, aby zwabić turystów i zbierać od nich pieniądze. W tych miejscach zbudowano pensjonat, wyposażono trasę narciarską, utworzono muzeum maszyn rolniczych okresu radzieckiego. Odrestaurowany kościół Przemienienia Pańskiego i „Święta Wiosna" Wielebnego Cudotwórcy Wasiana z Tiksna uzupełniły turystyczny kompleks, nadając mu mistyczny smak. Kamień pamiątkowy poety Nikołaja Rubcowa, który odwiedził te miejsca, został zainstalowany na górze jako element kulturowy w pobliżu Biryakova.

- Przedsiębiorca jest świetny, turystyka się rozwija, kościół jest odnawiany - przyznał Somoved.

- Kościół został odrestaurowany staraniem miejscowego ascety Żukowa Wiktora Wasiljewicza, który dokonał tego poprzez audiencję u patriarchy Aleksego II i otrzymał pomoc od Władimira Żyrinowskiego oraz lokalnej organizacji Partii

Liberalno-Demokratycznej, a przy okazji dzięki nim powstał Dom Kultury - sprzeciwiałem się.

- O jakiej świętej źródle dowiedziałeś się z notatek Lyubima Vadimovicha? - kierownik wyjazdu przywrócił nas do tematu badań.

- W tych miejscach jest właściwie klucz, którego właściwości lecznicze były legendarne. Wiktor Wasiljewicz udoskonalił ją i potwierdził wyjątkowość wody źródlanej.

- A co to za wyjątkowość? - zainteresował się miłośnik Somy.

- Woda ze źródła leczy z takich dolegliwości, jak pijaństwo. Krajnyak opisuje historię, która mu się przydarzyła, świadcząc o leczniczych właściwościach klucza. Kiedyś był jednym z pierwszych, którzy przyszli na urodziny przyjaciela. To był gorący letni dzień. Żukow również uczestniczył w uroczystości. Ponieważ było gorąco, nosił ze sobą dwulitrową butelkę wody. Stół nie został jeszcze nakryty, więc jubilat i sam Lyubim nalali wody z butelki Wiktora Wasiljewicza. Autor wspomnień zauważa, że vodica miała mętny biały odcień i przyjemny smak. Bankiet miał być poważny, urodzinowy chłopak wyjął pudełko starego czerwonego wina. Podczas gdy czekali na resztę gości, właścicielka i Lyubim postanowili usunąć próbkę z poczęstunku. Wypiliśmy łyk wina i jednocześnie poczuliśmy zdziwienie i wstręt. Uczucie było tak, jakby karmiono ich śmierdzącym robakiem. Zdecydowali, że wino zostało zepsute. Otworzyliśmy drugą butelkę, smak wydawał się jeszcze bardziej obrzydliwy. Goście zaczęli się zbliżać, a jeden z nich przedstawił butelkę postarzanej whisky. Jubilat, próbując przerwać obrzydliwy posmak wina, pociągnął łyk whisky i zwymiotował. Reszta gości była w porządku, próbując przekąsek, popijając wino i chwaląc jego wspaniały smak. Kiedy Żukow, który opuszczał imprezę, wrócił, wyjaśnił właścicielowi i Ljubimowi Wadimowiczowi, o co chodzi. Okazuje się, że woda ze źródła tworzy z pijaństwa klapę. Goście na przyjęciu urodzinowym upili się, a urodzinowy mężczyzna siedział suchy. Przez kolejny tydzień nie czuł zapachu alkoholu, a nawet myślał o tym bez obrzydzenia - powtórzyłem zawartość płyt.

- Okazuje się, że wszyscy mieszkańcy Biryakova to abstynenci? - Somik był zaskoczony.

- Wcale nie, zwykli pijacy - powiedziałem.

- Jak to jest możliwe? - Guru Somy był zdumiony.

- Znają właściwości źródła, więc nie piją z niego wody.

- Czemu? - nie uspokoił się.

- W przeciwnym razie będą się nudzić życiem.

- Czy można wyleczyć alkoholizm wbrew twojej woli? - zapytał jakiś.

- Krajnyak pisze, że jest to całkiem prawdopodobne. Specjalnie zbierał wodę ze źródła i na prośbę krewnych dodawał ją swoim towarzyszom do picia w zupie i herbacie.

- I jak?

- Alkoholicy związani wódką, najpierw przeszli na piwo, a potem całkowicie porzucili swój zły nałóg - opowiadałem o wynikach eksperymentów Lyubima Vadimovicha.

- Oczywiście taki rozwój wydarzeń mi nie odpowiada, ale wierzę, że moja Soma przezwycięży działanie tej wody, pokona infekcję! - powiedział z optymizmem koneser bimberu.

- Neutralizuje Nanonagova, przeciwników alkoholizmu - podchwycił jego myśl Prokhor.

- Nie wiem - zastanawiałem się. - Żukow powiedział Lyubimowi, że dał mu wodę ze źródła Zaumkina, którego uważał za beznadziejnego pijaka. I stał się twardym biznesmenem, całkowicie poświęcił się pracy. Ale przedsiębiorca boi się dodać ten eliksir okolicznym mieszkańcom, bo jak się dowiedzą to ich zabiją.

- Po co? - Vika nie rozumiała.

- Za utratę sensu życia - wyjaśniłem. - Zaumkin jest źródłem i ukrywa prawdę o nim. Sprzedaje z niej wyłącznie wodę „uzdrowicielom" w Moskwie i Lwowie.

Kiedy omawialiśmy tę kwestię, nawigator przywiózł samochód do Biryakova. Postanowiliśmy zatrzymać się i coś przekąsić w rustykalnej przydrożnej kawiarni.

- Pamiętam, jak kiedyś miałem okazję zjeść śniadanie z kaszą jaglaną w Kizhi - Prokhor zaczął nam opowiadać swoją historię, gdy usiedliśmy wokół drewnianego stołu na ławach. - Ta kasza jaglana jest wyjątkowa, gotowana jest całą noc w rosyjskim piecu od wieczora do wczesnego rana. Kasza przygotowywana jest z mleka, miodu, masła i jagód dodawana jest na życzenie klienta za opłatą. Porcja kosztuje 100 dolarów, ale jest bosko pyszna i zdrowa..

Kelnerka usłyszała jego entuzjastyczną tyradę i zasugerowała:

- W menu mamy również kaszę jaglaną. Jest gotowany w piekarniku w żeliwnych garnkach. Bardzo smaczne!

- Możesz też spróbować. A ile będzie mnie kosztować porcja tego poczęstunku?

- 20 rubli na talerzu, 35 w garnku.

- Ruble? Czy mam rację?

- Nie. Wszystko się zgadza.

- I gotujesz to całą noc?

- Tak. Na noc wkładamy żeliwo do piekarnika, kaszka jaglana marnieje i rano może być podawana gościom - odpowiedziała kelnerka..

- Następnie służ wszystkim. Nie masz nic przeciwko? - Ilyichev zwrócił się do nas. Nikt nie protestował. - płaczę, - nie mógł dojść do siebie po tak niskich cenach. Liczyłem coś w myślach.

Boże, co za hojność! Mam dwa i pół dolara.

Przynieśli garnki z kaszą jaglaną. Paliła i wydzielała wyjątkowy aromat. Porcje były ogromne. Wyczuwalny był smak prawdziwego masła.

- Boski! - Somoved był zachwycony.

- Wszystkie zboża lepiej jeść rano, żebyśmy mieli zastrzyk wigoru i dobry nastrój na cały dzień. Kasza jaglana jest dość trudna do strawienia w żołądku o niskiej i zerowej kwasowości. Ale jest bardzo przydatny dla tych, którzy mają skłonność do nadwagi - wszyscy patrzyli na Somika, - ponieważ w ogóle nie odkłada się w tłuszczu. Wręcz przeciwnie, pobiera tłuszcz z organizmu i usuwa go. To zboże normalizuje ciśnienie krwi, dostarcza dużo energii i usuwa nadmiar soli mineralnych. Kasza jaglana powinna być żółta, jak tutaj. Jeśli jest biało-żółty, to jest stary, - oświeciłem wszystkich wokół.

Mówię ci, ale w mojej głowie kręci się żart:

Dziadek i babcia zmarli. Spacerując po raju. Dobry! Trawa zielenieje, świeci słońce, ptaki śpiewają, komary nie gryzą. Tutaj dziadek zaatakuje babcię pięścią w tył głowy!

- Po co?

- Gdyby nie twoja dietetyczna kaszka, mieszkalibyśmy tu przez dwadzieścia lat!

Wielbiciel Somy i, jak się zdaje, miłośnik jedzenia zamówił kolejną porcję. Osobiście zjadłem za dużo.

- Mam dość energii na tydzień, - Masza ledwo mogła złapać oddech.

Po obfitym śniadaniu trafiliśmy na dobrze znane i tajemnicze źródło. Victoria rozszerzyła swoją kolekcję probówek. Somik i Prokhor zabrali po pięciolitrowym kanistrze. Podobno wczoraj nie tylko zgłosili się do Somy, ale też zaopatrzyli w puszki.

Przypomniałem sobie żart ze studni:

Mężczyzna wpadł do studni i siedział tam przez pięć dni. Ratownicy znaleźli go i wyciągnęli. Zadzwonili do jego żony. Była szczęśliwa i skakała ze szczęścia:

- Myślałem, że nigdy nie zobaczę trzeźwego męża!

Wtedy zdecydowano się udać do miasta Charowsk. Iljiczow dowiedział się ze źródeł internetowych, że w zeszłym roku znaleziono tam kamiennego bożka i postanowił mu się pokłonić.

Rozdział 10. Kamienna kobieta

- Miasto Charowsk jest centrum administracyjnym powiatu charowskiego w obwodzie wołogdzkim. Znajduje się na grzbiecie Kharovskaya, na lewym brzegu rzeki Kubeny, 89 kilometrów na północ od Wołogdy. Przez miasto przebiega Kolej Północna. Stacja kolejowa Kharovskaya otrzymała swoją nazwę w 1914 roku. Wcześniej od 1898 r. Nosiło nazwę Kubino, a od 1904 r. - Leshchevo. Założona w 1904 roku podczas budowy huty szkła wieś Kharovsky otrzymała status miasta w 1954 roku. Od lat 90-tych liczba ludności stale spada, obecnie zamieszkuje ją mniej niż 9000 osób. Niektóre z miejskich przedsięwzięć, jak np. Zakład Impregnacji Snu, zostały zamknięte, niektóre prace zawieszono na czas nieokreślony, miasto powoli umiera - stwierdziła Maria. - Mieszkają tu głównie emeryci i ci, którzy nie mogli znaleźć pracy w większych miastach. W mieście nie ma nic do roboty dla młodych ludzi, praktycznie nie ma pracy. W wolnym czasie piją napoje alkoholowe, ponieważ nie znają innych rozrywek. Kontyngent rodzący dzieci rodzi swój własny gatunek, populacja ulega degeneracji.

- czy to jest takie złe? - zapytała Victoria.

- Myślę, że to tragedia wszystkich małych, zagrożonych miasteczek. Nie chcę nic złego powiedzieć, bo ja sam stąd jestem, moja mama tu mieszka - westchnęła Masza.

- Uważnie przestudiowałem semantykę nazw geograficznych - zaczął Prokhor. - Wielka Nag Shesha, jak powiedziałem wcześniej, mieszka w kraju Hara, co oznacza „złoty". Khara znajduje się na dalekiej północy, w stosunku do Indii, za nią znajduje się Morze Białe. Starożytni Grecy wierzą również, że „Wąż Świata" żyje na północy, która trzyma Ziemię na sobie. W Złotej Krainie wypływa na powierzchnię. W tej krainie jest źródło wiecznej młodości pod jabłonią nimf Hespirides. Mieszkały tam córki Wielkich Nag - jasnookie i złotowłose Gorgony. Kiedy Perseusz zabił Gorgon Medusha lub "Miodowa" (Meduza nie jest poprawnym tłumaczeniem nazwy), to z jej krwi narodził się skrzydlaty koń Pigas.

- Czy nie nazywał się Pegaz? Zapytałam.
- Zwykle piszemy Pegaza, ale druga litera powinna być poprawnie odczytywana jako „i" - wyjaśnił Iljiczow.
- Tak więc tam, gdzie Pigas uderzył się w kopyto, były

źródła inspiracji. Główne źródło znajdowało się na górze Parnassus, jak nazywali to starożytni Grecy. Góra ta znajdowała się w jodłowym zagajniku, gdzie znajdował się kamienny bożek - Omphal, czyli „członek Nag". W tym miejscu znajduje się centrum świata czyli „pępek ziemi".

W starożytnej mitologii greckiej istnieją informacje, że na północ od Wołgi żyli starożytni barbarzyńcy - Cymeryjczycy, którzy podbili Europę. Najfajniejszym z nich jest Conan the Barbarian. Swoje imię otrzymał od starożytnego „Konusa-Stożka" lub „Conana", naszym zdaniem piramidy, w której znajdowała się jego ojczyzna.

- Czy Conan to ten grany przez wielkiego aktora Arnolda Schwarzeneggera? - zainteresował się Somoved.

- Tak. Starożytne źródła żydowskie podają, że Conan Barbarzyńca i Cymeryjczycy byli towarzyszami samego proroka Mojżesza, który przybył gdzieś z północy. W regionie Archangielska znajduje się rzeka Mosha i wieś Moshe.

- Więc co?

- Mojżesz w języku żydowskim oznacza według nas Mosha lub Misza.

- A co mają z tym wspólnego Pigas i Conan? - Nie zrozumiałem.

- Żanna, w obwodzie charowskim znajdowało się jezioro Pigasowo, teraz w sąsiednim rejonie Kirillovsky znajduje się jezioro o tej nazwie i rzeka Pigasovga. A bezpośrednio obok Charowska znajduje się wieś Konantsevo, a wcześniej nazywała się Konanowo - wyjaśnił Mashulya.

- Masz absolutną rację, Maria! O tym właśnie mówię. Zbliżamy się do celu naszej podróży, dzień wcześniej miałem takie przeczucie - podzielił się z nami swoimi odczuciami Iljiczow.

- Wygląda na to, że chciałeś odwiedzić Muzeum Historii i Sztuki Kharovsky'ego i zobaczyć przechowywany tam kamienny posąg z wyrzeźbioną ludzką twarzą? - Masza zadała pytanie.

- Całkiem słusznie - potwierdził kierownik wyprawy. - Chciałem osobiście zobaczyć „kamienną kobietę" znalezioną w zeszłym roku w pobliżu wioski Spichikha. Menhiry antropomorficzne są rzadkie na północy Rosji, znaleziono je na południowych stepach Rosji, w Kazachstanie, Ałtaju, Mongolii i Tuwie.

- Idol Kharovsky jest dość duży, waży około 300 kilogramów, jego wysokość to 117 centymetrów. Według ekspertów, posąg można datować na I wiek przed nasz era - relacjonowała Maria.

- Moja intuicja podpowiada mi, że konieczne jest nawiązanie kontaktu z kamienną kobietą, aby wypełnić swoją misję: znaleźć Nanonags i portal do królestwa Wielkiej Szesz - śnił Prokhor..

W międzyczasie pojechaliśmy do Charowska. Muzeum Historii i Sztuki znajdowało się w samym centrum miasta. Iljiczow rozmawiał z szefem instytucji i odprowadzono nas do pomieszczenia, w którym znajdował się kamienny posąg. Wyraźnie pokazywał oczy, nos i usta, wyrzeźbiony tył głowy i łopatki. Na piersi bożka wyryto krzyż. Obeszliśmy to ze wszystkich stron. Ilyichev zamarł przed nim i bezgłośnie poprosił „kobietę", jak przypuszczam, o znalezienie Nanonagova. Może coś innego. Osobiście o nic nie prosiłem kamienia, po co jeszcze raz kusić los.

- Z daleka omphal przypomina i jest podobny do lingama - powiedziała Victoria.

Po wizycie w muzeum Masza opuściła nas na chwilę, aby odwiedzić swoją matkę. Reszta poszła do sklepu, aby uzupełnić zapasy żywności i wodę mineralną, tak jak to było w popołudniowym upale. Spacerowaliśmy po mieście, nie znaleźliśmy żadnych specjalnych zabytków.

W centrum, na placu, rozłożono rynek. Rodzaj remiksu rynków z lat 90-tych. Namioty ustawiono w kilku rzędach w wyznaczonych strefach handlowych, wyłożonych białą farbą na ciemnoszarym asfalcie. W jednej części rynku sprzedawano rzeczy, w drugiej żywność. Po jednej stronie stały babcie i kobiety, oferując kupującym prezenty w postaci lasów i ogrodów. Lokalni mieszkańcy przechadzali się po pasażu handlowym, powoli oglądali towary, filcowali, przymierzali. Handel nie był szczególnie energiczny, ale panowało uczucie świętowania. "Co to spowodowało?" - ty pytasz. Nie mogę dokładnie określić. Może dlatego, że klienci są elegancko ubrani? Nie tylko obejrzeli oferowane towary, ale także pokazali się innym. Obok przemknęło stado błyszczących dziewcząt, a za nimi kobieta w sukience i wieczorowym makijażu z fryzurą na głowie. Mężczyźni spotykali się rzadziej, ale byli też schludni i dobrze uczesani. Pomimo tego, że dzień roboczy był w pełnym rozkwicie, jak na takie małe miasteczko ludzi było sporo.

Na rosyjskim buszu jest mało rozrywki. To właśnie w Petersburgu można codziennie odwiedzać muzea, teatry i wystawy, chodzić do kina i kawiarni lub po prostu spacerować, podziwiając wyjątkową architekturę i otaczające piękno. W dużym mieście łatwo jest zgubić się w tłumie; przypadkowi nadchodzący ludzie nie mają znaczenia, jak jesteś ubrany, na ogół nie są tobą zainteresowani. Każdy ma swoje problemy, sprawy, zmartwienia. W wieżowcach ludzie czasami nie znają nawet swoich sąsiadów na klatce schodowej.

Nie dotyczy to małych miast. Wszyscy tam się znają. Kto żyje czym i co oddycha, dla nikogo nie jest tajemnicą. Plotki, plotki, dyskusje o wspólnych znajomych to główna rozrywka w małym miasteczku. Bardziej ci jest drogie ignorować opinie innych. Musisz zawsze dobrze wyglądać, być uważnym i uprzejmym, aby być znanym jako osoba odnosząca sukcesy i kulturalna. Nie jest to łatwe dla osób wykonujących takie zawody jak nauczyciele, lekarze, pracownicy instytucji i struktur rządowych. Muszą stale monitorować siebie, aby dopasować się do ich statusu..

Ale z drugiej strony tylko w takich miejscach ludzie wokół nich będą szczerze radować się z sukcesów swoich krewnych, znajomych, kolegów z klasy, którzy gloryfikowali swoje rodzinne miasto. Będą zainteresowani swoimi osiągnięciami i dumni z nich, jakby byli swoimi. Zawsze jest ktoś, z kim możesz po prostu porozmawiać, bez względu na wszystko. Tam ludzie się witają, patrzą sobie w oczy. Tam nie poczujesz swojej samotności. Jest bardzo mało ludzi samowystarczalnych. Każdy potrzebuje uwagi i wsparcia. Dobrze jest mieć rodzinę i bliskich ludzi, którzy mogą wesprzeć Cię w trudnym okresie życia. A jeśli nie ma ich więcej? Co robić? Jedź do małego miasteczka i mieszkaj tam przynajmniej tydzień, wszystko się ułoży!

Maria wróciła:
- Jak ci się podoba nasz piątkowy targ?
- Czy to szczególne wydarzenie dla miasta? - zapytał Prokhor.
- Oczywiście wydarzenie. Mieszkańcy czekali na niego od tygodnia. W mieście nie ma zbyt wielu sklepów, a asortyment w nich nie jest zbyt zróżnicowany. W piątek przyjeżdżają nowe osoby ze swoimi towarami. Nowe twarze, nowe doświadczenia. Dodatkowo w tym dniu kobiety mogą przebierać się i chodzić w swoich strojach, bo nie ma w nich innego miejsca.
Czas pomyśleć o odpoczynku i noclegu.
- Gdzie można mieszkać w Charkowie? - zapytał Somoved.
- W mieście nie ma hoteli, było w centrum, ale było zamknięte. Budynek jest pusty i wkrótce ulegnie całkowitemu zniszczeniu. Radzę wybrać się do ośrodka rekreacyjnego na wsi, turyści się tam zatrzymują. Jest niedrogi jak na standardy miasta, ale dość wygodny. Do tego świeże powietrze, rzeka, przyroda.

Zespół zaakceptował propozycję Maszynki i usiadł na swoich miejscach. Samochód odpalił.

- Po prawej stronie znajduje się kościół św. Serafina z Sarowa. Zbudowano go według projektu słynnego rosyjskiego architekta, Niemca Vinogradova, który wybrał typ krzyżulcowy - Marusia zwróciła naszą uwagę na piękny niebiesko-biały kościół.

- Słyszałem, że to jedyna w Rosji świątynia o nowoczesnym budownictwie, która spełnia prawosławne kanony, rosyjską tradycję i wymogi bezpieczeństwa - dodał Iliczew.

- Tak. Projekt został pobłogosławiony przez arcybiskupa Wołogdy Michaiła Mudyugina. Nawiasem mówiąc, jest doktorem nauk fizycznych i matematycznych - Masza zaskoczyła nas swoją wiedzą.

- Słyszałem to imię od babci Evdokii - wtrącił Vika. - Dziewczyny, pamiętajcie, mówiłem wam, że Evdokia Gavrilovna i Alexander Fedorovich Vadbolsky w latach 30. ubiegłego wieku pracowali w administracji fabryki Putiłowa przy zarządzaniu finansami księgowych?

- Pewnie.

(Możesz przeczytać o tym bardziej szczegółowo w mojej książce „Palce zmarłego”).

- W tamtych latach inżynier Michaił Mudyugin pracował w zakładzie - powiedział Vikulya.

- To on - przytaknęła Maria. - Aleksy II przyjął projekt niemieckiego Vinogradova jako podstawę budowy kościołów w całym świecie prawosławnym. Ta świątynia jest oryginalna, przyjęta jako podstawa do budowy kościołów w naszych czasach.

Rozdział 11. Eksperyment

Kompleks turystyczny znajdował się dwa kilometry od miasta.

- Wcześniej w tym miejscu odbywały się mistrzostwa Rosji w sportach motorowych. W piaszczystym kamieniołomie w pięknym sosnowym lesie znajduje się ścieżka. Teraz mistrzostwa się nie odbywają - westchnęła smutno Masza.

Kierownik wynajął dom, a my postanowiliśmy odpocząć i wieczorem odwiedzić miejscową kawiarnię.

-W mieście nie ma już obiektów rozrywkowych, więc każdy, kogo stać na kulturalny alkohol, odwiedza to miejsce - wyjaśnił Marusya. - Dziś jest piątek, można osobiście kontemplować lokalną „elitę". Nie zdarzają się tutaj powaleni pijacy, w końcu trzeba tu dotrzeć i mieć określoną sumę pieniędzy, aby zamówić drinka i przekąskę. Ale z pewnością docenisz ogólny poziom kultury miejscowej ludności w średnim wieku.

Ośrodek rekreacyjny znajdował się nad brzegiem rzeki Kubeny. Dziewczyny i ja poszliśmy nad rzekę, żeby się opalać i pływać. Mężczyźni dołączyli do nas.

- Vika, Somik jest taki włochaty - powiedział cicho Mashulya.

- Masza, nie włochata, ale puszysta - powiedziałem dziewczynom anegdotę:

- Simochka, widziałem cię wczoraj z kudłatym potworem!

- Tak, proszę cię, Saroczka! To mój narzeczony ... Wspaniały człowiek! Dał mi jacht, samochód i będziemy mieszkać nad oceanem!

- Gdzie znalazłeś taki puszysty cud ?!

Śmialiśmy się razem. Cudowna pogoda, ciepły biały piasek, rzeka, śpiew ptaków, kwitną kwiaty.

- Jestem w niebie! - krzyknąłem ja.

Wieczorem uaktywniły się komary i przenieśliśmy się do domu.

- Czas przebrać się i zabić na miejscu męską połowę ludzkości! - powiedziała Victoria.

- Obawiam się, że będziesz rozczarowany- Maria potrząsnęła głową. - Wśród miejscowych pijaków księcia raczej się nie spotkasz.

- Somik i Prokhor będą najpiękniejsi - wspierałem kolegę.

- Trzeba mieć nadzieję na najlepsze - Vika nie straciła optymizmu.

- I przygotuj się na najgorsze, żeby życie cię nie zaskoczyło - dokończyłem jej zdanie.

- Zhannochka, jak tam twoja naprawa? - zapytała Vikulya.

Прямо по больному!

- Może się po prostu zacząć - narzekałem. - Nagle okazało się, że wszystkie ściany w mieszkaniu niosą ... Ból, cierpienie i straty finansowe. Ale nie rozmawiajmy o smutnych rzeczach, chodźmy, rozpraszajmy się!

Mężczyźni czekali na nas w kawiarni.

- Tutaj szukamy magicznej wody, ale nie możemy zapominać, że 60 procent najlepszego lekarstwa na depresję to właśnie woda, - Somoved wódkę nalał do kieliszków.

Walka z depresją to konieczność! Generalnie moje życie to ciągła walka, potem z depresją, potem z lenistwem, potem ze snem.

- Miejscowa, jak to ujęła Masza, elita zaczęła już kulturalnie bawić się - powiedziała Wiktoria. - Piją i nie jedzą, piją tylko wodę mineralną.

- Może nie stać ich na przekąskę? - zaproponował miłośnik Somy.

Podpijani mężczyźni przy sąsiednim stole zaczęli zwracać na nas uwagę. Spojrzeli bokiem w naszą stronę, omówili coś z ożywieniem, a jeden z nich otwarcie mrugnął do naszej piękności Viki. Somoved tego nie lubił.

- Somik, czy wiesz, że jesteś bardzo podobny do Hamleta? - zapytała pijana Wiktoria.

- Nie może być. Hamlet jest chudy i wysoki - zaprotestował.

- A tutaj może. W drugiej połowie zeszytu Krajnyak zgłębia twórczość Williama Szekspira. Przestudiował tekst oryginału i odkrył, że Hamlet jest niskim, dobrze odżywionym mężczyzną w pełnym rozkwicie. Tak jak ty! - uśmiechnęła się nimfa.

- Kto by wiedział!

- Ogólnie rzecz biorąc, ta praca to komedia napisana dla teatru. Cień ojca Hamleta to żart włoskiej grupy teatralnej - okazuje się, że Vika nie tylko kartkowała zeszyt Ljubima Wadimowicza na darmo.

- Mamy tragedię. Może Othello też nie udusił Desdemony? - kochanek Somy spojrzał niemiło na pijanych ludzi przy sąsiednim stole. Jeden z nich zaczął przesuwać krzesło w stronę nimfy swoich marzeń.

- Dokładnie! Nie udławił się. Została zadźgana na śmierć przez Iago, aby oczernić Otella i przejąć władzę nad wyspą.

- Czy z Romeo i Julią wszystko w porządku? - zapytał Prokhor.

- Podczas przetwarzania tekstu usunięto z niego wszystkie niezrozumiałe wyrażenia, co znacznie zniekształciło znaczenie pracy - powiedziała autorytatywnie Victoria.

- Jaki rodzaj?

- Na przykład Szekspir pisał o Julii, że w wieku 13 lat była już „galerą".

- Gruby jak barka? - zasugerowała Masza.

- Nie. Galery w czasach Szekspira nazywano portowymi dziwkami. Sam Romeo w oryginale - „wiejski idiota", „idiota".

„To radykalnie zmienia znaczenie pracy" - zgodziłem się.

- Cóż, tak, głupiec i prostytutka zostali otruci. Głupia i śmieszna śmierć - Vikulya potrząsnęła głową.

- Co za gorąca musztarda! - Ilyichev skrzywił się, odgryzając kawałek chleba, który przykrył grubą warstwą musztardy.

- Wcześniej zakład przetwórstwa spożywczego Kharovsky robił najlepszą musztardę, jaką kiedykolwiek jadłem, - Mashulya chwaliła się osiągnięciami swojego miasta.

- Pamiętam, że był sprzedawany w małych szklanych słoiczkach. Bardzo energiczne! - potwierdził Somik.

- W dzieciństwie pracowaliśmy w zakładzie na pół etatu. Słoiki były pakowane z ogromnych palet na ulicy do pudełek. Zarobiłam wtedy pierwsze pieniądze i kupiłam torbę, żeby nie iść do szkoły z teczką - koleżanka podzieliła się swoimi wspomnieniami.

- Musztarda jest bardzo zdrowa! Oczyszcza, wyciąga z głębi ciała wszystko, co szkodliwe. Rozpuszcza wilgotne substancje śluzowe w mózgu, żołądku i innych narządach, wspomaga trawienie pokarmu, otwiera blokady, usuwa szkodliwy nadmiar z organizmu, wyostrza zmysły i umysł oraz zwiększa apetyt. Spożywanie musztardy z miodem jest dobre na kaszel i astmę. Smarowanie mieszanką musztardy i fig pomaga przy dnie moczanowej, rwie kulszowej, wypadaniu włosów, rozpuszcza stare guzy pochodzenia limfatycznego w każdym narządzie. Spożywanie go z pokarmem pomaga w resorpcji guza w śledzionie. Ale w przypadku chorób przewodu pokarmowego przyjmowanie musztardy do środka może być szkodliwe, ponieważ działa irytująco, - reklamowałem ten przydatny produkt.

Wszyscy zaczęli rozprowadzać musztardę na kawałkach bułki.

- Spójrz na miejscowych pijaków, jeden ma pierścionek na dłoni i patrzy na Vikę - powiedziała Maria.

Jak w anegdocie:

- Człowieku, jesteś żonaty?

- Tak.

- Mocno?

- Nie.

- Musimy ratować rodzinę i jej budżet ”- powiedział guru Somy.

- W jaki sposób? - zapytał Iljiczow.

-Mam świetny pomysł - zaczął Somoved. - Przeprowadźmy eksperyment z wodą z Biryakova, sprawdźmy jej właściwości lecznicze.

- Świetny pomysł! Victoria zaświergotała entuzjastycznie. - Oprócz wódki piją wodę mineralną. Mamy tę samą butelkę w naszym pokoju. Wymienię w nim wodę mineralną na wodę ze źródła, a potem z podmenu butelka.

Do pokoju wbiegł aktywny przyjaciel. Niecałe dziesięć minut później wróciła z torebką, z której wystawał szyjka butelki. Po drodze została przechwycona przez pijanego wielbiciela i zaciągnięta do tańca. Okazywała swoją życzliwość, po tańcu podeszła do stołu dżentelmena i poprosiła o wodę. Gdy wentylator się odwrócił, niepostrzeżenie zmienił butelki i wrócił na nasz stolik.

- Zręcznie to wydałeś! - pochwalił Marusya.

- To wcale nie było trudne - Vikulya była nieśmiała. - Wszystko dla nauki! - dodała patrząc na Somika.

- Teraz zobaczymy: - Prokhor nie oderwał oczu od butelki. - Tutaj już się wylano.

- Drugi też pije - cieszyła się Vika.

- Nie współczujesz im? - Byłem ciekawy.

- Dobrze im to zrobi! Życie nabierze nowego znaczenia i zabłyśnie nowymi kolorami bez upojenia alkoholowego - ogarnął eksperymentator optymizm.

- A jeśli całkowicie straci swoje znaczenie? - Nie podzielam jej entuzjazmu.

- Więc ich istnienie było bez znaczenia! Dobór naturalny - powiedział szorstko Somoved.

- Wydaje się, że proces się rozpoczął - oczy przyjaciela płonęły ogniem przyrodnika.

Ci, którzy wypili klapę z pijaństwa, zaczęli okazywać oznaki niepokoju. Zbladli, kolejne spożycie alkoholu zostało im podane z wielkim trudem. Słuchałem.

-To nie zadziałało - narzekał jeden.

- Pulchny nie jest dla ciebie sportem. Tutaj potrzebujesz zdrowia! - zauważył drugi w zamyśleniu. - Wódka, naprawdę, obrzydliwa - skrzywił się.

-Nie wiadomo, co wlewają do karafki - pierwszy podchwycił swój pomysł.

- Może kupują podróbkę? - zasugerował drugi.

- Zobacz, zaczął się ich proces myślenia! - ucieszyła się Victoria. - Więc zmienią się w ludzi!

Kiedy badani dostali drugi stos przez gardła, zaczęli się złościć i poszli zająć się kelnerką.

- Jakiego rodzaju wódkę wśliznęli do nas?

- Nie można go pić!

- Będziemy narzekać szefom!

Kelnerka pokazała im butelki ze znakami akcyzy, z których jedną otworzyła tuż przed nimi, zwana barmanem, docenił walory smakowe i kolorystyczne produktu. Klienci nadal byli urażeni. Zaprosiliśmy degustatora z zewnątrz, z publiczności.

- Wódka jest wyśmienita! Czysta jak łza dziecka! - zapewnił niezależny ekspert.

- Może coś nas otruło? - badani zaczęli wątpić w swoje wnioski.

- Więc jedliśmy różne rzeczy. W ogóle nie gryzłem - zastanawiał się drugi.

Oboje zbladli i wyszli na ulicę. Poszliśmy też zaczerpnąć świeżego powietrza, aby nie stracić ich z oczu. Chłopi zapalili papierosa, ale nie było łatwiej.

- Woda naprawdę działa! - podziwiał Prokhor. - Źródła lecznicze to nie mit!

- Sprawdzę tę wodę na spektrometrze laserowym, spróbuję dojść do sedna tajemnicy - argumentował kierownik laboratorium.

- Jesteśmy u progu wielkiego odkrycia! - nie uspokoił szefa wyprawy.

Mężczyźni, którzy pili wodę święconą, pobiegli do toalety. Jeden nie biegł, był wykręcony na ulicy.

- Nie dodałeś czegoś takiego? - zapytała Masza, patrząc z niesmakiem na pijaków.

- Jak mogłeś tak myśleć ?! - Vika była oburzona. - W butelce jest woda ze źródła. Eksperyment musi być czysty! – zapewnił to - Dodałem też trochę wody do chłodnicy.

Przypomniałem sobie żart:

W kijowskim Instytucie Przemysłu Spożywczego obroniono pracę magisterską na temat „Jak prawidłowo jeść wódkę". Wnioski z pracy brzmiały: „Dobrze jest jeść wódkę z owsianką z winegretem i kaszą manną, bo kaszka z kaszy manny potem łatwo wychodzi, a winegret jest piękny".

Drugi badany długo nie wychodził z toalety. Pierwsza miała kilka napadów wymiotów. Wreszcie zostali zwolnieni.

- Idź do domu? - zasugerował jeden.

- Od gorzałki się pojawią - narzekał drugi. - Chodźmy do Charowska na piechotę, zaczerpnij powietrza.

- Co za świeże powietrze! - rozjaśniła się twarz pierwsza.

- ćwierkają koniki polne - powiedział drugi.

- A jakie jasne gwiazdy! - podziwiał pierwszy.

Podniosłem oczy w niebo. Półksiężyc zawisł na ciemnym niebie, a sznur gwiazd się rozpadł. Powietrze było niezwykle świeże, wiał lekki, ciepły wiatr.

- Nie zobaczysz tego w mieście! - westchnął Somoved, podziwiając gwiazdy.

Uczucie zachwytu z kontaktu z naturą ogarnęło wszystkich obecnych.

Badani zniknęli w nocy. Eksperyment się powiódł!

- Być może Soma na tej wodzie nie jest warta zrobienia - podrapał głowę guru bimberu w tył.

Irytująco brzęczały komary, postanowiono iść spać.

Rozdział 12. Kobieta w czerwieni

Obudziłem się z pierwszymi promieniami słońca i wyszedłem na werandę. Piękno! Ptaki śpiewają. Mgła unosi się nad rzeką. Zdjęła sandały. Jak cudownie jest chodzić boso w porannej rosie!

Ktoś wyszedł z domu, a za nim Prokhor. Wymieniliśmy życzenia na dzień dobry. Zdejmowali też buty i postanowili pójść za moim przykładem.

- Kiedy budzę się na łonie natury, zaczynam dzień od porannej rosy. Biorę kilka kropli na twarz. Nie potrzeba kremu. Pozdrawiam lepiej niż kawa! - wyjaśniłem, co spowodowało moje spacery rano.

- Rosa jest wynikiem procesu destylacji - zaczął rozumować mistrz bimbru. - W powietrzu zawsze jest określony procent wilgoci. Gdy temperatura spada wieczorem i w nocy, para wodna skrapla się na obiektach bliżej podłoża. Tak powstają mikrokropelki wody.

- Pomocne kropelki - dodałem.

- Chyba tak. Nasycone wilgocią na poziomie komórkowym liście traw i krople rosy tworzą jeden zbiornik wodny, składający się z wody destylowanej, ekstraktów roślinnych i pyłku. Rosa pojawia się tylko na czystej powierzchni. Jest opóźniony dzięki szorstkiej powierzchni roślin, a jeśli na trawie pojawi się warstwa kurzu, mikrokropelki staczają się z nią na ziemię - wyjaśnił Somoved.

- Korzyści płynące z chodzenia w rosie były znane już tysiące lat temu - dołączyła do nas Maria. - Tę praktykę leczniczą stosowali Słowianie, przedstawiciele starożytnej medycyny orientalnej, ale jako rodzaj terapii wprowadził ją po raz pierwszy Sebastian Kneip, niemiecki ksiądz katolicki, który zasłynął w XIX wieku autorską metodą hydroterapii. To jest uzdrowienie dostępne dla wszystkich ludzi. Twierdził, że chodzenie w porannej rosie uchroniło go przed gruźlicą.

- Medycyna wschodnia promuje tę metodę leczenia - do rozmowy włączył się Iljiczow. - Uważa się, że poranna rosa napełnia organizm energią, wzmacnia odporność, łagodzi stany stresowe, leczy zaburzenia nerwowe. Uzdrowiciele ze Wschodu wyjaśniają to interakcją ludzkiej czakry korzeniowej z energią Ziemi poprzez glebę i trawę.

- Czytałem, że słynny fizjolog Pawłow ćwiczył chodzenie w rosie. Naukowcy uważają, że chłód poranka pomaga tonizować. Rosa chłodzi stopy i pomaga przywrócić równowagę cieplną. Samo chodzenie jest ćwiczeniem poprawiającym krążenie krwi i zdrowie układu sercowo-naczyniowego. Na podeszwie stopy znajduje się wiele receptorów nerwowych, przez które impulsy są przekazywane do narządów wewnętrznych - powiedziała Masza.

- Przydaje się też samo patrzenie na trawę - porwała mnie rozmowa. - Kolor zielony działa uspokajająco na widzenie, a ponieważ nerwy w gałce ocznej są połączone z tylną częścią stopy, proces chodzenia boso po zroszonej trawie stymuluje odbudowę zakończeń nerwowych, a tym samym wzrost ostrości wzroku.

- Od czasów starożytnych ludy słowiańsko-aryjskie stosowały metodę leczenia wielu chorób, owijając je w szmatkę zamoczoną w rosie - powiedział autorytatywnie Prokhor. - W tym celu naturalną, najlepiej lnianą tkaninę przykrywa się trawą z rosą. Tkanina zostaje w niej nasączona, a następnie owinięte nią ciało. Tak leczy się reumatoidalne zapalenie stawów, choroby układu moczowo-płciowego, choroby układu krążenia, dystonię wegetatywno-naczyniową, bóle głowy, impotencję. W noc święta Boga Kupały za najbardziej uzdrawiające uważa się rosy. Dziewczęta i kobiety, chcąc stać się piękniejszymi i atrakcyjniejszymi, kąpią się w rosie kupały, pobłogosławionej przez boga zdrowia i płodności - Kupały.

- I słyszałem, że kobiety, które chcą zachować zdrowie i urodę, muszą odpowiednio moczyć się w rosie herbaty Ivan. Kąpiel w polach rumianku uspokaja nerwy. Wilgoć z bławatka pomaga przy zapaleniu oczu. Rosa z koniczyny poprawia widzenie, pomaga przy ostrogach i modzelach. Rosa z liści łopianu wzmacnia włosy. Rosę zbiera się, jak słusznie zauważyłeś, naturalną tkaniną, ale nie wszyscy wiedzą, że należy ją przechowywać w drewnianych naczyniach, a nie w szkle i metalu, - podzieliłem się swoimi sekretami.

- Czy to prawda, że istnieje znacząca różnica między wieczorną a poranną rosą? - zapytała Maria.

- Uważa się, że wpływają one na zdrowie człowieka w różny sposób - zacząłem wyjaśniać. - Wieczornej rosy przypisuje się działanie łagodzące, gojące się rany i przeciwzapalne. Leczy choroby wywołane urazami psychicznymi, emocjonalnymi, stresem. Należą do nich na przykład dusznica bolesna, wrzody żołądka i dwunastnicy, dysfunkcje seksualne, nerwice i fobie. Poranna rosa - ta, która zbiera się po wschodzie słońca, ładuje się pozytywną energią. Promienie słoneczne padające na kroplę rosy aktywują w niej procesy chemiczne, czyniąc z niej eliksir wigoru. Ta rosa ma działanie immunomodulujące. Uważa się, że pomaga w leczeniu stanów zapalnych i przedłuża remisję w chorobach przewlekłych.

- Znajomy powiedział mi, że leczniczą rosę należy zbierać na łąkach, skrajach lasów i na polanach. Zbiórka odbywa się zgodnie z fazami księżyca. Podczas ubywania księżyca o wschodzie słońca zbiera się poranna rosa. Życie nocne gromadzi się, gdy księżyc jest w fazie wzrostu, od pierwszej w nocy do trzeciej. Leczą wszelkie rany, nawet blizny nie pozostają. Przy pomocy nocnej rosy czasami można nawet poradzić sobie z rakiem. Jeśli zrobisz z niego kompresy i wypijesz trochę w nocy i rano, guz przestanie rosnąć, a następnie zmniejszy się. Zaleca się zbieranie wieczornej rosy podczas nowiu. Lepsze są te z rumiankiem, leczą choroby nerwowe i psychiczne, dobre na bezsenność - zdumiony wiedzą Somik..

- A co jest takiego dobrego w rumianku? - Masza była zaskoczona.

- Uzdrowiciele uważają, że ta roślina jest miękka z natury, delikatna, przyjaźni się ze wszystkimi ziołami, nie kłóci się z nikim. Dlatego rosa zabrana jej z choroby psychicznej pomaga, uspokaja gwałtownych, wraca sen. Dobra wieczorna rosa, zebrana w nowiu i przy chorobach oczu, na przykład jaskrze - wyjaśnił Somoved.

- Istnieje teoria, że poranna rosa to woda żywa. Dodaje siły, wigoru, energii, wzmacnia mechanizmy obronne organizmu, uruchamia odporność. A wieczorna rosa jest martwą wodą. Łączy tkanki żywego organizmu, usuwa guzy, leczy dolegliwości - podsumowałem to, co powiedziałem.

- Okazuje się, że żywa i martwa woda z bajek to nie mit? - zaskoczył guru Soma.

- A jeśli Nanonagi pokryje rosa? - lider wyprawy złapał się za głowę. - To zasadniczo zmieni sprawę, trzeba będzie opracować metody ich wydobycia, zbadać ich siedliska... Moja głowa się kręciła! Musisz to przemyśleć.

- Co to za nowa teoria? - nasza nimfa obudziła się i wyszła do ludzi. - Teraz będziemy badać rosę?

Somik zaczął powtarzać treść naszej porannej rozmowy. Potem pobiegli do samochodu po sterylny bandaż, nie było innych naturalnych tkanin. Zbierali próbki porannej rosy w probówkach, zapisywali na jakich ziołach io której godzinie zostały zebrane. Życie toczy się z nową energią.

Prokhor siedział na werandzie, spoglądał w dal niewidzącym wzrokiem i na czymś się koncentrował. Ciekawie jest obserwować proces myślowy z zewnątrz. Zmarszczył brwi, przewrócił oczami i uśmiechnął się do czegoś. Najwyraźniej udręka twórczości naukowej nie była dla niego łatwa.

Często wydaje się, że rozwiązanie jest bardzo bliskie. Po prostu wyciągnij rękę i złap ogon prawdy. Ale jest przebiegłą i przebiegłą istotą, skutecznie udającą złudzenie.

Przy tej okazji przypomniałem sobie moje wiersze.

Labirynt

Z nami życie niesie absurdy,
I robi to:
Wyczołgując się z łona - forteca,
Trafiamy do labiryntu.

I wędrujemy w rozpaczy
Lewy i prawy ślepy zaułek
Od takiej podłości życia
Więc płacz załamuje się w rozpaczy.

Chcę awansu
Ale ruch jest utrudniony przez ścianę.
Zrozum moje napięcie
Nigdzie się nie wybieram.

A potrzeba czegoś lekkiego
Budzę się w mojej duszy
Ale rzeczywistość jest wszędzie ponura
Nie pozwoli mi już odejść.

Więc idę z prądem
Chociaż nikt o to nie prosił ...
Zobacz impulsy żalu
Od bezcelowo zmarnowanych sił?

Te wędrówki w nieskończoność
Nazywają twórcze życie
Wieczność nie wystarczy,
aby wszystkim wyjaśnić,
Większość i tak nie zrozumie.

Głęboko po sam kapelusz
Kreatywność schrzaniona.
Wciągnąłeś nas, straszny kochanie,
Połknąłeś nas, labiryncie.

- Szybko ubierzmy się i załóżmy buty, chodźmy na rosę na skraj lasu i zbierzmy się na leśnych polanach - poleciła Victoria.

-Nie mamy dziesięciu rąk do trzymania probówek, pipet, bandaży, etykiet i długopisu - narzekała..

Masza i ja zakładamy dżinsy, koszule z długimi rękawami, trampki i czapki. Nie wychodzą nago do lasu. Są komary, kleszcze, może coś jeszcze się czołga.

Wyruszyliśmy smukłą kolumną w stronę lasu. Vika i Somik pobiegli na skraj lasu, potem naradzili się, a nimfa rozkazała:

- Wchodzimy do lasu. Nie pozostań w tyle!

Wzdłuż ścieżki rosły maliny i wziąłem je do ust. Zaczęły się pojawiać grzyby.

- Ryzhiki! - ucieszyła się Masza.

- Biały grzyb! - szczęście i uśmiechnął się do mnie. Zaczęliśmy zbierać grzyby w torbie.

- Nie będzie rosły - powiedział Marusya.

Las szybko się skończył, przed nami pojawiło się wzgórze, na szczycie którego stały domy.

-To jest wioska Konantsevo - wyjaśniła Maria.

- Ten, do którego przylecieli kosmici pod koniec lat 80-tych? - Jak przez mgłę coś sobie przypomniałem.

- Jeden! - potwierdził znajomy.

- Tutaj podobno wylądowała kula, wyszedł z niej kosmita z długimi ramionami, potem podeszła do niego kobieta i zniknęli, - zacząłem pamiętać.

- W pewnym sensie - przytaknęła Masza.

- Puszczano reportaż w centralnych kanałach telewizyjnych - do rozmowy włączył się Prokhor.

- Dokładnie! Wtedy telewizory były nadal pudełkami, a nie panelami, jak teraz - burknął Marusya.

Przypomniałem sobie żart.

Od jakiegoś czasu telewizor przestał być pudełkiem, a teraz zarówno wyglądem, jak i treścią zamienił się w panel.

- Pamiętam, że w rozmowie z ówczesnym szefem dzielnicy poprosili go, żeby zapytał kosmitów, czy ma taką możliwość? A on odpowiedział: „Fortyfikacje bazy paszowej" - wspominała Maria.

- Widzę, że teraz nie ma problemów z zaopatrzeniem w żywność. Trawa jest nad głową - zachichotałem.

- Zniknęły tylko krowy i inne bydło, nie ma nikogo do jedzenia - westchnął przyjaciel.

- Twoja głowa mogłaby poprosić o coś bardziej użytecznego dla regionu - uśmiechnął się Iljiczow.

Przy tej okazji opowiedziałem im anegdotę:

Po lesie idzie upośledzony umysłowo chłopiec. Zwykły kretyn, wisi smark, usta otwarte ... Wygląda - na ścieżce rośnie grzyb.

- O! Glibochek !!! - i podniósł nogę, żeby go kopnąć.

Grzyb odpowiada ludzkim głosem:

- Czy jesteś kretynem? Spełnię każde z Twoich trzech pragnień!

- Naprawdę? Wtedy chcę być normalny.

Mija kilka sekund. Grzyb uczynił go jak wszystkich innych. Były kretyn, czując, że stał się normalny, krzyknął z zachwytu:

- Opisać!

Patrząc na swoje mokre spodnie, chłopiec zdaje sobie sprawę, że magiczny grzyb spełnił już dwa życzenia. On jest oszołomiony:

- Z umysł zejść !!! ... O! Glibochek!!!

- Ten kretyn jest wybaczalny - zaśmiała się Masza.

- I to, jego pierwsze pragnienie było całkiem rozsądne - zauważył rozsądnie Prokhor.

- Co byś chciał teraz? - Zapytałem go.

- Znajdź z Nanonagami wodę, która może odmłodzić i leczyć organizm - sformułował swój pomysł lider wyprawy.

Potem wiał wiatr, moje czapki prawie odleciały z Marią. Kobieta w czerwonej sukience ze złotymi włosami wpiętymi w kapelusz szła w naszą stronę z porannej mgły. W jej rękach trzymała drewniane wiadro wypełnione wodą, na powierzchni której pływała chochla. Nie szła, ale niejako ślizgała się po trawie, nie pozostawiając żadnych śladów. Gdy nas dogonili, zatrzymała się kobieta, a może dziewczyna:

- Wiem, czego szukasz - zwróciła się do nas. - Wypij trochę wody, w przeciwnym razie zrobi się gorąco.

Czułem, że słońce jest po prostu gorące. Pod koszulą ściekał pot. Jeśli nie napiję się wody, umrę z pragnienia.

Wydaje się, że coś podobnego stało się z Prochorem i Maszą.

Pani w czerwonej dłoni podała Iliczewowi chochlę wody:

- Pij!

Chciwie przywarł do wody ustami i zaczął pić, krztusząc się. Krople spływały mu po brodzie. Następnie kobieta potrząsnęła chochlą, wytarła krawędź rękawem i ponownie ją zgarnęła:

- Pomóż sobie! - zasugerowała Marusie. Wypiła wodę.

- Dziękuję!

Pani znowu nabrała wody:

- Teraz ty! - zwróciła się do mnie.

Wziąłem chochlę, była zimna, gładka, złocista. Trudno określić, z jakiego materiału został wykonany. Woda rozpaliła mnie chłodem, napełniła świeżością, stała się dla mnie łatwa i spokojna.

- Dziękuję Ci!

- Zgarnij więcej! - zasugerowała tajemnicza kobieta.

Pochyliłem się nad drewnianym wiadrem, które postawiła na trawie. Wiadro wciąż było pełne. Po zebraniu całego wiadra rozumiem, że woda nie spada z wiadra. Wyprostowałem się, a czarodziejka chwyciła wiadro i zaczęła się od nas oddalać. Weszła do przezroczystej kuli i zniknęła, po czym przezroczysta kula zniknęła w powietrzu.

- Co to było? - zapytał cicho Prokhor.

- Nie wiem - nadal trzymałam chochlę w dłoniach, bojąc się rozlać cenną wilgoć. Victoria i Somoved pędzili do nas. Masza zaczęła ich mylić, wyjaśniając, co się stało.

- Więc weźmy probówkę! - Vika nabrała wody ze złotej chochli.

- Lepiej dwa! - zawołał Somik.

Próbki zostały zapakowane w etui.

- Możemy napić się? - zapytała Victoria.

- No tak, - nie mogłem się opamiętać.

Vika i Somovedom na zmianę przykucnęli do wiadra.

- Co za ciekawa chochla! - podziwiał guru Somy. - Ciekawy, z czego to jest zrobione? Zabiorę go do badań?

- Weź to - zgodziłem się.

- Będę się uczyć, a potem naleję im boską somę! mlasnął ustami. - Skontaktuj się z firmą Soma w dowolnym momencie. Tygodniowa butelka jest dla ciebie bezpłatna - obiecał. Następnie wyjął z kieszeni wizytownik, wyjął wizytówkę i napisał na niej: „Nosicielowi dawaj Somie jedną butelkę tygodniowo gratis". Dalej jest numer i podpis z odszyfrowaniem.

-To moja wdzięczność za przekazanie mi artefaktu do badań - wyjaśnił on.

Automatycznie włożyłem wizytówkę do kieszeni dżinsów. Nasz zespół wrócił do hotelu. Prokhor milczał przez całą drogę.

- Wracamy do Petersburga! powiedział w końcu. - Wyprawa zakończona, wszystko wyjaśnię później.

Dom, więc dom. Nikt nie protestował. Victoria starannie zapakowała próbki wody i rosy. Somik przytulił magiczne wiadro. Masza włożyła grzyby do torby:

- Dostarczymy to mamie!

Odebraliśmy swoje rzeczy, oddaliśmy klucze do domu i wyruszyliśmy w drogę powrotną.

Epilog

W każdym regionie Wołogdy istnieją źródła, których pochodzenie jest pokryte legendami. Ludzie korzystający z wody źródlanej od czasów starożytnych zwracali uwagę na jej niezwykłą czystość i właściwości lecznicze. Taka woda mogłaby stać latami i nie ulec zniszczeniu. Każde ze źródeł uzdrawia na swój sposób tych, którzy się do niego zwracają. Najważniejsze to wierzyć w leczniczą moc wody i szczerze pragnąć być zdrowym.

Oprócz wody źródlanej rosa ma właściwości lecznicze. Okazuje się, że może to być poranek, noc i wieczór. Konieczne jest zbieranie rosy zgodnie z zasadami, w niektórych miejscach, w określonym czasie, należy wziąć pod uwagę charakter rośliny, na której została utworzona.

Jak napisał Pliniusz Starszy: „Woda jest bezwartościowa, ponieważ jest bezcenna. Służy całemu światu, ponieważ jest wolna. Jego siła tkwi w miękkości, a doskonałość w prostocie. Ma jedno imię, ale wiele twarzy… ". Piękne słowa!

Woda otacza nas wszędzie, ale pozostaje dla nas tajemnicą. Wierzę, że może wyleczyć każdą dolegliwość. Musisz tylko wierzyć i dążyć do uzdrowienia.

Po podróży Prokhor postanowił przemyśleć swoją teorię o światowym spisku robaków. On, podobnie jak my, wciąż wyrywa sobie głowę, jaka kobieta pojawiła się nam w okolicy wioski Konantsevo? Kim ona jest? Córka Wielkiej Naga Shesha, posłaniec innych światów czy samo wcielenie Matki Natury? Cóż za tajemniczy portal pochłonął nieznajomego?

Po podróży każdy miał dużo pytań.

Victoria bada próbki płynu zebrane podczas wyprawy.

Somoved poprawia produkcję boskiego napoju Soma.

Masza napisała historyczną opowieść o świętym źródle.

I opublikowałem kilka artykułów, zarobiłem trochę pieniędzy i dokończyłem remont.

Komunikacja z Prochorem i jego pomysły pozostawiły niezatarty ślad na mojej duszy, dlatego dedykuję mu ostatnie poetyckie wersety mojej pracy.

> Czym jest życie? Ruch, dążenie do celu.
> Ale nagle błyśnie światło na końcu tunelu,
> Jesteś życiem, dopisać, jak mam swój liść
> Na kursie - odbyt, a ty sam - glist

Kryminał, ironia, ciekawe fakty dotyczące roślin i grzybów, poszukiwanie świętego źródła Wiecznej młodości Hiperborejczyków, mistycyzm - to wszystko znajdziesz w książce Swietłany Konantsevy.

Svetlana Konantseva

Pasożyt hiperborejski

Ironiczny detektyw

Ilustracje: H. Bidstrup, A. Vinogradov, Yu. Pimenov

Redaktor A. Vinogradov

Wszystkie wydarzenia i postacie są fikcyjne, zbiegi okoliczności są przypadkowe.